귀찮지만 매일 씁니다

귀찮지만 매일 씁니다

사소하지만 꾸준히 하는 사람이 되고 싶어서

귀찮 글 그림

아멜리에。북스

프롤로그

이름이 '귀찮'이야?

이름 좋네~

사람은 자꾸 귀찮아야 돼

자꾸 귀찮은 일이 생겨야 좋은 거야

이 책은 서른셋의 제가 헤쳐나가는 이야기입니다. 6년 차 프리랜서로, 8년 차 창작자로, 5년 차 시골 사람으로서 만난 순간에 대한 기록물입니다. 회사였다면 제법 요령이 생길 법한 연차지만 회사 밖에 서보니 이제 막 걸음마를 뗀 연차입니다. 그래서 야속합니다. "이렇게 고군분투했는데 아직도 이토록 방황하다니!" "앞으로 얼마나 더 해야 하는 거야?" 하는 말이 하루에도 몇 번씩 나옵니다. 그럴 때마다 마을 할머니가 해주신 말을 떠올립니다. 나갈 곳이 있고, 만날 사람이 있고, 해야 할 일이 있다는 것. 이런 일이 얼마나 좋은 일인지를 염치없게도 한창 귀찮을 때가 지나버린 할머니의 시선을 통해서야 알게 되었습니다. 덕분에 매일 그리고 쓸 수 있었습니다. 언제나 저의 귀찮은 일들을 응원해주시는, 어제도 놀러가겠다 하고는 코빼기도 안 보이는 뒷집 아가씨가 서운하면서도 일에 방해될까 아쉬운 소리도 아껴하시는 산북면 할머니들 감사합니다. 이거만 끝내고 꼭 놀러 갈게요.

차례

11월

11 월 5 일 | 금 요일

11월을 시작하는 방법.

창고에서 등유 난로를 꺼내 닦고

등유를 채우고 30분 정도 기다렸다 불을 피운다.

물과 고구마를 올리고 캐럴을 엄선한다.

The Drifters의 〈White Christmas〉를 들으며

달달한 군고구마를 까먹는다!

기왕이면 갓 내린 커피와 함께.

오늘은 내 생일이다.
10대 20대 땐 생일이 1년의 가장 큰 이벤트라 뭔가 특별하게 보내야 할 것 같고 그러지 못하면 몰려오는 섭섭함과 서운함을 감추지 못했는데, 이상하게 몇 해 전부터 생일은 그저 조용히 있고 싶은 날이 되었다. 오히려 생일이라고 선물을 받으면 억지로 받아낸 느낌이 들고, 다음에 나도 챙겨야 할 것 같은 부담감만 생긴다. 아무래도 생일보단 아무 날도 아닌 날 "지나가다 너 생각나서 하나 사봤어" 하며 주는 일상의 선물이 더 감동적이고 기억에 오래 남는달까.

스무 살 나의 첫 전공은 천문우주학이었다. 당시 일반물리 교수님이 나를 포함해 하나같이 심드렁한 표정으로 강의를 듣던 학생들을 보며 한 말이 하나 있다.

"사실 나도 학생 때 물리가 진짜 싫었어. 그런데 싫어도 그냥 꾸역꾸역하다 보니 어느새 교수가 된 거야. 세상에 적성 같은 건 없어. 그냥 계속 하다 보면 전문가가 되는 거야. 그러니까 엄한 적성 찾는 데 시간 낭비 하지 말고 그냥 해."
그 말이 얼마나 슬프고 충격적이던지. 뭐라도 되려면 꾸역꾸역해야 하는 것 같아서 무언가 되기가 두려워졌다. 그날부터였을까? 이상하게 그 이후 계속 시간 낭비를 하게 됐다. 20대 내내 전과와 자퇴, 편입으로 전공을 바꿔가며 시간을 낭비했고 회사에 가서도, 프리랜서가 돼서도 내가 꾸역꾸역 살고 있단 생각이 들면 그만두고 좋아하는 일을 찾아 방황했다. 아니 여전히 그러고 있다. 그랬더니 교수님 말대로 어떤 분야에서도 전문가가 되지 못했다. 대신 밤하늘을 보며 오리온자리쯤은 곧잘 찾는 듣보잡 만화가가 되었다.

오리온자리를 찾을 땐
저기 저 점 세개를 먼저 찾으면 돼

오.. 보인다!

예전엔 돈 버는 일, 각박한 세상 어딘가에 내 자리를 잡고 사는 일이 제일 중요했는데, 요즘은 싱크대 거름망을 씻거나 나물을 먹기 좋게 다듬는 것과 같이 내 살림을 가꾸는 일이 돈 버는 일만큼이나 중요해졌다.

언젠가는 잘나가는 사람이 되어 곳곳을 누비고, 이 사람 저 사람 만나며 끊임없이 영감을 받고, 그리고 쓰고…. 이게 꿈이었던 것 같은데 지금은 그냥 이렇게 살림살이, 세간살이를 구석구석 보살피고 사용하고 정리하고 신선한 먹거리를 정성껏 요리해 든든히 먹고 사는 게 좋은 것 같다. 오히려 이런 여유를 잃으면 더 슬플 정도로.

1월의 오미자차, 2월의 찰밥과 나물,
3월의 달래장, 4월의 두릅튀김,
5월의 산딸기와 오디, 6월의 감자전,
7월의 가지냉국, 8월의 콩국수,
9월의 조선배추, 10월의 호빵과 커피,
11월의 석화와 소주, 12월의 곶감말이와 와인.

좋아하는 제철요리 그림이 담긴 달력을 기획하고 있다. 그나저나 마지막으로 석화에 소주 마신 게 언제였더라? 제일 좋아하는 겨울철 안주인데 코로나 때문에 못 먹은 지 오래됐다. 김 폴폴 나는 포장마차에 앉아 초고추장, 청양고추, 마늘, 통깨 얹은 신선한 석화에 소주 한잔. 거기에 뜨끈한 우동국물이나 콩나물국. 아— 상상만 해도 행복한 겨울철 조합인데 너무나 옛날 이야기 같다. 언제 또 그렇게 먹을 수 있으려나?

며칠 내 비만 내리더니 춥다. 간신히 영상을 넘긴 날씨, 몸이 저절로 움츠러든다. 어제 기획한 달력 그림도 그려야 하고 이번 주 연재 마감도 해야 하지만, 맘 같아선 그냥 마루랑 이불 이글루 같은 거 만들어서 하루 종일 방탄 영상이나 보고 싶다.

쌀밥에 할머니 표 삭힌 무청, 고추장, 참기름을 넣고 쓱쓱 비벼 시래깃국과 함께 점심으로 먹었다. 시래기나 삭힌 무청은 언제나 먹을 수 있는 것 같아도 무청(무의 잎)으로 만들기 때문에 이맘때만 먹을 수 있는 귀한 음식이다. 난 정말 삭힌 무청이 너무 좋다. 새콤하고 아삭아삭한 무청은 비빔면에 고명으로 올려 먹어도 맛있고, 아무것도 없이 그냥 참기름에만 비벼 먹어도 쌀밥 두 그릇은 우습게 비울 수 있다. 방금 전에도 그렇게 먹다 갑자기 급한 마음이 들어 할머니한테 전화로 레시피를 물어보았다.
근데 아마 할머니가 일러준 대로 만들어도 분명 이 맛이 안 날 것이다. 아니 그 맛이 난대도 할머니 없이 삭힌 무청을 만들었단 사실에 슬플 것이다. 그러니 자꾸 할머니한테 졸라야겠다. 할머니가 힘들어도 어쩔 수 없다. 철없는 손녀는 매년 이맘때마다 삭힌 무청이 먹고 싶다고 조르고 조를 것이다.

무꿋잎 소금에 한 시간 절이고

잎이랑 무꾸 쫑쫑 썰고

두 번 세 번 씻어서 통에 담고

새우젓 멸치액젓 쪼꼼씩 솔솔 뿌리.

냄비에 물 너코 밀가루 쪼꼼, 삼선당 째끔, 미원 쪼꼼

끓여서 식힌 다음 다진 마늘, 고춧가루 쪼꼼 여코

통에 짜박짜박하게 부어서

하루 동안 재웠다 냉장고 넣어.

해보고 안 되면 또 전화해.

뭔갈 하기도 전에 막연한 조급함부터 느끼는 나에게 거는 주문. 이렇게 안 하면 자꾸 대단한 거 하려고 하는 거창함과 부담감에 잡아먹힌다. 쓸데없는 생각 말고 기초체력에 집중하자.

내 나이 서른셋. 어렸을 때는 이 나이가 그토록 늙어 보였는데 막상 돼보니 아직 한창이다. 오히려 아무 거나 대충 먹고, 운동은 거들떠보지도 않은 채 지하상가에서 한철 입을 옷만 사 입던 20대보다 건강을 생각하며 잘 챙겨 먹고, 시간 내서 운동도 하고, 조금 비싸도 나에게 맞는 소재의 좋은 옷을 고르고 살 줄 알게 된 지금이 훨씬 건강하고 예쁘다. 노화는커녕 여전히 성장하고 있는 느낌이랄까?

이런 생각을 하며 핫팩을 데우려고 전자레인지를 열었는데 고추장이 있다. 어제 무청에 비벼 먹으려고 찾았는데 한참 찾아도 없어서 포기한 그 고추장이다. 서른셋의 나는 종종 정신을 전자레인지에 두고 다닌다.

요즘은 새로운 사람을 만날 때마다 쩔쩔 맨다는 생각이 든다. 만나는 동안 괜찮은지, 불편하진 않았는지, 나도 모르게 기분 상할 행동을 한 건 아닌지, 실수한 건 없는지, 나를 어떻게 생각할지. 이런 생각으로 내내 복잡하다가 긍정의 답장을 받고 나서야 긴장이 풀린다.

사람 만나는 게 이래서 힘든 건가.

11 월 15 일 | 월 요일

올해는 못 만들 줄 알았던 크리스마스 엽서의 시안을 끝냈다. 2018년 12월부터 시작했으니 올해로 4년째다. 사실 크리스마스 엽서를 만들게 된 이유는 연말의 허전함을 바쁨으로 채우기 위해서였다. 내내 신나고 즐거워야 할 것 같은 12월, 평소처럼 집에서 멍하니 시간만 때우고 있으면 평소보다 더 우울해지기 때문에. 11월 중순부터 카드를 기획하고, 일러스트를 그리고, 발주하고, 판매 페이지를 만들고, 포장하고 배송하며 눈코 뜰 새 없이 12월을 보내고 나면 비록 아주 초라한 크리스마스를 보낼지라도 달콤한 휴식같이 느껴지니까.

참, 크리스마스가 뭐라고 이렇게 우울해지지 않기 위해 안달인지 모르겠다.

등유 난로는 기름이 닳으면 냄새가 심해져 연료 게이지가 0이 되면 조심스럽게 밖에 내놓는다. 레버를 돌려 끄지 않고 기름이 다 닳아 저절로 꺼질 때까지 한두 시간 두면 자연스럽게 심지 청소가 되는데, 오늘은 그 옆에 의자 하나를 갖다 두고 앉아 책도 읽고 차도 내려 마셨다. 임시 야외 독서실이다.

11 월 17 일 | 수 요일

석화를 못 먹는 억울한 마음을 달래기 위해 싱싱한 생굴을 사왔다. 반은 노릇하게 전을 부치고 남은 반은 생으로 먹는다. 바삭한 굴전은 양파를 가득 넣은 간장에 곁들여 맥주와 먹고, 생굴은 노오란 알배기 배추에 한 점 올려 편마늘, 청양고추를 얹어 한입에 와삭 하고 먹는다.

서울에 가려는데 버스가 매진이다. 이럴 때마다 아빠 생각이 난다. 아빠에게 핸드폰은 통화와 문자용이다. 핸드폰으로 버스표를 예매하는 방법을 모르는 아빠는 제 시간에 맞춰 가도 창구에 가서야 매진된 것을 확인하고 한참이나 기다렸다 탈 수 있을 것이다. 만약 그 차가 막차였다면 다음 차까지 또 얼마나 긴 기다림이 있었을까.
세상은 어느덧 과거에 머무는 사람들을 바보로 만들어버렸다. 손짓 하나로 집 앞까지 배달되는 시대에 아빠는 불편한 다리로 배낭을 메고 버스를 타고 슈퍼에 가서 장을 본 뒤 다시 버스를 타고 돌아온다. 이런 세상에 익숙한 그에게 그쯤은 아무 일도 아닐 수 있겠지만, 내 시선에선 그가 무언갈 타고, 사는 행위는 이토록 힘든 일로 느껴진다. 세상은 발전한다는데 나는 아빠와 아빠 같은 사람들이 앞으로 얼마나 편해질지보다 어떤 게 더 불편해질지를 상상하는 쪽이 더 쉽게 그려진다.

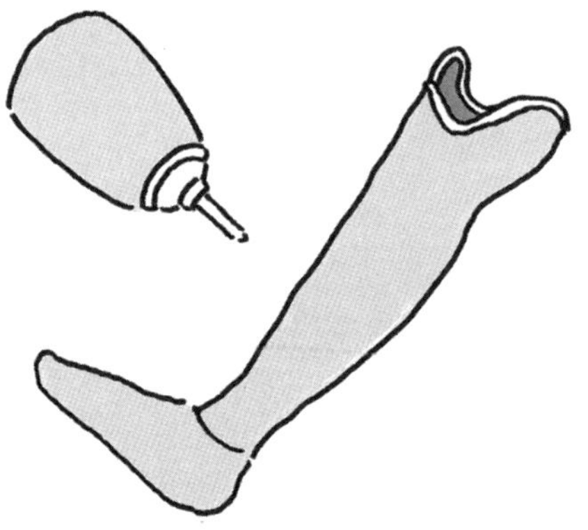

11 월 19 일 | 금 요일

가끔 내 부족함에 나로부터 도망치고 싶을 때가 있다. 더 최선을 다하고 더 열심히 했으면 좋았을 걸 왜 이 모양인 거냐며 스스로를 탓한다. 그럴 때마다 생각하자. 누군가에게 평가되기까지의 시간을 견디며 결과물을 내는 건 어렵지만 평가는 쉽다. 쉬운 평가에 휘둘려 내 지난 고민의 시간을 스스로 깎아내리지 말자.

그 누구도 너를
함부로 욕할 수 없어

그 사람은 네가
돼보지 못했으니까

스무 살에 운전면허를 따면서 이 나이쯤 되면 운전을 아주 잘할 줄 알았다. 급한 일이 생기면 운전해서 가거나 누군가 보고 싶어지면 한밤중에도 달려갈 수 있을 줄 알았다. 이제 그 나이가 되었는데 아직 내 차도 없다.
지금 내 운전 실력은 가족 중에 누구 하나가 다쳐 당장 가야 한대도 가다가 내가 다칠 수준이다. 보고 싶단 이유로 한밤중에 달려가는 용기와 무모함도 없어진 지 오래다. 가족에게 무슨 일이 생겼을 때 내가 해결할 수 있는 금전적 여유도 없다. 오래전 지금 내 나이의 엄마가 나와 동생을 지켜주었듯 나도 그렇게 엄마를 지켜줄 수 있을 줄 알았다. 하지만 나는 여전히 큰일이 생기면 엄마부터 찾는다.

달력을 완성했다. 오타, 숫자, 글씨 색깔까지 몇 번을 확인했는지 모르겠다. 평소에도 내 자신에 대한 불신이 크지만 인쇄 직전엔 더더욱 내 자신을 믿을 수가 없다. 인쇄와 같이 공장에 넘기고 나면 되돌릴 수 없는 일들은 넘기기 직전까진 전혀 안 보이다가 넘긴 후 또는 인쇄물을 받아 보고 나서야 실수가 보인다. 그것도 '이걸 놓쳤다고?' 할 정도로 적나라하게 보이는 진짜 어이없는 실수.
나는 이런 뼈아프고 지갑 아픈 경험을 수없이 하고 나서도 또 귀신에 홀린 것처럼 똑같은 실수를 반복해왔다. 그나마 실수를 줄이는 방법은 온갖 경우의 수를 생각하는 것이다. 31일까지 있는데 30일까지만 적었다거나 2022년인데 무심결에 2021년으로 적었다던가 하는…. 하지만 아마 이것도 소용이 없을 것이다. 또 귀신에 홀린 듯 딱 그 경우의 수만 빼놓고 생각하게 될 테니.

시금치 된장국에 밥을 말아 먹었다. 시금치 된장국을 끓일 때 중요하게 여기는 포인트는 시금치의 초록을 잃지 않는 것이다. 시금치를 끓는 물에 넣으면 넣지 않았을 때보다 시금치의 초록이 진해지는데 계속 끓이면 오히려 누래진다. 그땐 된장의 맛에 시금치 본연의 맛이 가려진다. 시금치의 맛도 된장의 맛도 살아 있으려면 시금치를 데치듯 끓이고 후다닥 불을 끄는 것이다.

동생이 서울에 가고 마루와 집업실에 단둘이 있으면 마루의 존재감에 대해 다시금 생각하게 된다. 마루는 4살 말티즈다. 5년 전 빨래 바구니에 담겨온 하얀 꼬물이는 우리 집에 온 첫날부터 씩씩했다. 어미와 헤어진 첫날인데도 밤새 울기는커녕 자기만 한 장난감과 싸우다 곤히 잠들었다. 강아지 냄새 나고 털 날린다며 싫어했던 엄마의 눈총에도 아랑곳하지 않고 엄마 옆에서 알짱알짱댄 덕분에 엄마는 요즘 마루 털에 코를 박고 냄새를 맡고 있으면 비염이 낫는 것 같다고 한다.

집업실에서 마루는 눈 뜨자마자 하루도 거르지 않고 마당으로 아침 순찰을 나선다. 밤새 낯선 친구들이 다녀가진 않았는지, 자신의 흔적이 지워지진 않았는지 꼼꼼히 확인한 다음 곳곳에 다시금 이 집이 자신의 영역임을 강조해둔다. 담 넘어 옆집 할머니와 마주치면 꼬리를 흔들며 당차게 인사하기도 하고, 길 건너 전선줄에 앉은 까마귀와 목소리 싸움을 하기도 한다. 낯선 사람이 대문을 두드리거나 슬쩍 지나가는 소리만 나도 쪼꼬만 한 몸으로 용맹하게 짖는다. 마루는 고작 2.5킬로그램이다. 근데 요즘은 그 하얗고 작은 솜뭉치가 왈왈대며 여기저기 설치고 다니는 덕분에 이곳에 살고 있지 않나 하는 생각이 든다.

좋은 생각이 떠올랐을 때, 그 생각을 표현하기 위해선 반드시 평소에 글을 쓰고 그림을 그리고 있어야 한다. 그게 아무리 형편없는 글과 그림이래도 매일 그리고 쓰고 있어야 진짜 좋은 생각이 났을 때 그 생각을 놓치지 않고 표현할 수 있다. 아홉 번의 형편없는 글 없이 열 번째의 좋은 글은 나올 수 없는 것이다.

부족하고 엉망일지리도 매일 그리고 쓰기 위해 나 스스로 하는 다짐. 그러니 오늘도 이토록 형편없는 일상을 기록하자.

지난달에 촬영했던 온라인 디지털 드로잉 클래스 영상의 가편집본을 보며 피드백을 쓰고 있다. 나름 마음을 써서 열심히 했는데도 아쉬움이 남는 건 어쩔 수 없다. 저기서 눈을 왜 저렇게 떴지? 왜 카메라를 안 보고 허공을 바라보는 거야? 왜 저렇게 졸려 보이지? 그런 부분이 한둘이 아니다. 많은 사람이 고생하면서 찍은 영상이라 다시 찍을 수도 없는 노릇이니 다른 것보다 전하고 싶었던 메시지가 영상 속에 잘 담긴 것에 대해 위안 삼자. 영상 촬영은 삼박자, 아니 열 박자는 잘 맞아야 하는 것 같다. 아니 그냥 신의 가호가 그날 왕창 내려야….

인스타그램에 올린 만화가 1,000개를 훌쩍 넘어섰다. 요즘은 내가 아무것도 아닌 것 같을 때마다 이 기록들이 나를 지켜주고 있다는 생각이 든다. 기억력이 좋지 못해 옛날 일은 금세 까먹는 나는 이 일을 몇 년째 하고도 매번 새롭게 걱정하고 좌절하고, 타인과 나를 비교하고 자책하며 자신을 잃는다. 내 글과 그림이 아무것도 아닌 것처럼 초라하게 느껴진다.
그럴 때 과거의 끄적임들은 보여준다. 스치고 휘발되기 쉬운 일상의 순간을 내가 얼마나 잘 붙들어 쓰고 그리고 있었는지. 그걸 얼마나 반복해왔는지. 그 반복 속에 얼마나 많은 결의 감정을 담아왔는지를. 그리고 말해준다. 오직 나만이 만들어낼 수 있었던 수천 장의 역사가 여기 고스란히 남아 있다고. 그건, 아무것도 아닌 게 아니라고.

구상해두었던 크리스마스 엽서 일러스트 스케치 위에 라인을 따고 채색을 하고 있다. 예전엔 라인을 깔끔하게 따고 채색을 하는 일처럼 생각 없이 할 수 있는 일이 지루하고 하기 싫은 일이었는데, 요즘은 이런 일들도 참 재밌다. 스케치북에 그림을 그릴 때 사각사각 연필 소리가 좋아서 그리는 것처럼 과정에서도 재미를 느끼는 요즘이다. 그림은 '2021 귀찮 크리스마스 엽서 세트'의 로고. 도장으로 만들어서 포장 박스에 찍어 보낼 예정이다. 받는 사람이 선물처럼 느꼈으면 좋겠다.

동생이랑 달력과 엽서를 포장할 패키지에 대한 이야기를 나누며 끄적거리다가 엉겁결에 맘에 꼭 드는 포장지 디자인이 나와버렸다. 포장지를 만들 생각은 없었는데 "포장지는 어때?"라는 동생의 말에 그리던 걸 패턴화하면 되겠다는 생각이 난 것이다. 어째 엽서보다 포장지가 더 귀여운 것 같아 '포장지도 판매할까?' 하고 말하니 동생이 원래 제일 귀엽고 사랑스러운 건 반드시 '비매품'이어야 한단다. 포토카드 갖고 싶어서 사는 앨범처럼!

엽서 작업을 할 때는 일부러 탁하고 연한 색감을 쓰는 편이다. 그래야만 인쇄했을 때도 모니터 화면과 비슷한 색깔이 안정감 있게 나온다는 걸 다년간의 엽서 작업으로 알게 되었다. 이번 연말 굿즈로 기획한 복조리 형태의 파우치 색상도 그런 생각으로 선택했다. 이렇게 해도 분명 진하고 밝게 나온다는 계산이었다.
그리고 오늘 샘플이 나왔는데 너무도 뜻밖이라 이젠 어느 장단에 맞춰야 할지 모르겠다. 어느덧 비대면이 익숙해진 시대지만, 인쇄만큼은 직접 인쇄소에 가서 컬러차트를 보며 고르지 않는 이상 CMYK와 RGB의 간극은 끝내 좁힐 수 없어 보인다.

너 지금 한참 자야 할 시간 아니니?
지금 자도 4개월밖에 못 자…!

아침부터 비오는 날, 빨랫감을 갖고 세탁실로 가는데 갈색의 작은 개구리가 있다. 순리대로라면 벌써 자야 할 개구리가 안 잔다는 건 그 순리가 깨졌다는 거겠지. 그러고 보면 작년에 비해 정말 춥지 않은 11월이다. 매년 춥던 수능 날에도 따뜻하더니, 늦게 심어 뽑지 않고 그냥 둔 무는 아직도 얼지 않고 자라고 있고 조선배추도 아침마다 하나씩 따서 샐러드로 해 먹을 정도다. 추워야 할 때 안 추우면 내년에 탈이 날 텐데. 걱정이다.

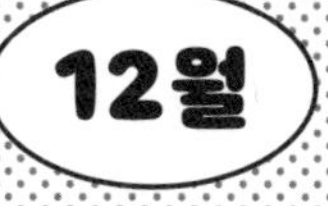
12월

z z

다음 주부터 카카오 채널에 단독 연재될 만화의 프롤로그를 만드는 중. 시골에 내려온 지 4년 차, 작물 하나하나에도 나름의 생태가 있다는 걸 알게 되고 나니 종종 마트에서 언제든 살 수 있는 식재료가 이상하게 느껴진다. 자연스럽게 내게 좋은 음식이란 언제든 먹을 수 있는 거창한 음식이 아니라 식재료 나름의 때를 맞춰 조리해 먹는 단순한 한 끼가 되었는데, 이번 연재에선 그런 제철 음식에 대한 이야기를 하려 한다. 단출하지만 때를 지킨 진짜 소울푸드에 대해서.

12 월 2 일 | 목 요일

코로나 확진자가 5,266명으로 역대 최고치를 갱신했다. 마침 토요일에 모처럼 대학 친구들 모임이 있어 취소해야 하나 싶어 심란한데 오른쪽 뺨에 아주 건실한(?) 뾰루지마저 났다.

LA에서 열리는 BTS의 콘서트의 생중계를 보고 있다.

아미가 된 지 1년이 조금 넘었지만,

실시간 온라인 콘서트는 오늘이 처음이다.

49,500원에 이토록 행복해질 수 있다니….

방탄을 좋아한다. 모든 멤버를 좋아하지만 최애는 지민이다. 2020년 여름, 번아웃과 코로나블루스가 겹쳐 심각한 무기력에 시달리고 있었을 때 우연히 지민의 〈Fake Love〉 직캠을 보게 된 것이 시작이었다. 무표정과 웃을 때의 온도 차이가 큰 지민이가 순박하게 웃으면 나도 모르게 엄마 미소를 짓게 됐고, 무대에 몰입한 채 손끝까지 완벽하게 춤추고 노래하는 모습을 보면 그 뒤에 숨겨진 연습량이 느껴져 나도 덩달아 열심히 살고 싶어졌다. 나중엔 슬퍼지기까지 했다. 손동작 하나에 저런 감정을 담기 위해 얼마나 몸과 마음을 썼을지가 느껴져서.
사실 지민이가 이토록 완벽해 보이는 이유는 아이러니하게도 그가 불완전하기 때문이다. 그 역시 나처럼 또는 다른 사람들처럼 숨기고 싶은 콤플렉스를 갖고 있다. 나라면 엄청 신경 쓰거나 개의치 않은 척했을 텐데 그는 그런 자신의 모습을 수줍게 인정한다. 그러곤 자신이 좋아하는 노래와 춤에 집중한 채 피나는 노력을 하고 그걸 무대로 보여준다. 이렇게 부족함을 가진 채 계속 나아가는 모습이 그를 완벽한 사람으로 정의하게 만든다. 그래서일까. 지민이가 "내 실수로 생긴 흉터까지 다 내 별자린데"라는 노랫말을 부르는 모습을 볼 때면 매번 울컥하고 마음이 저린다. 온갖 트라우마와 열등감에 찌든 모나고 못난 나에게도 괜찮다고 말해주는 느낌이 든다. 작년 가을, 지민이가 춤추는 영상을 보지 않았더라면 그 끔찍한 무기력을 어떻게 견뎠을까? 소원이 있다면 이번 생에 〈Answer: Love Myself〉를 라이브로 듣는 것이다. 얼마나 행복할까? 상상만 해도 펑펑 울고 있을 내가 느껴진다.

마늘에 대한 콘티를 짜고 있다. 마늘은 굴곡진 서사를 가진 멋진 채소다. 김장이 시작될 즈음 심은 마늘은 겨울 내내 미동도 없다가 초봄이 되어서야 뾰쪽한 싹을 틔운다. 그래서 아무것도 안 하는 것처럼 보이지만 겨우내 깊은 뿌리를 내린 덕분에 봄이 되자마자 싹을 틔우는 것이다. 그렇게 틔운 마늘잎이 꽃을 피우기 위해 대를 올리면 하나밖에 없는 귀한 꽃대를 농부가 쏙 뽑아간다. 마늘 입장에선 얼마나 허망할까? 하지만 꽃대를 뽑지 않고 꽃을 피우면 마늘로 갈 영양분이 모두 꽃으로 가버리는 데다 하필 그 꽃대가 고추장에 무쳐 먹으면 아삭하니 맛깔난 마늘쫑이라 농부로서도 어쩔 도리가 없다. 그렇게 꽃대를 잃은 마늘은 따뜻한 봄볕을 가득 쬐며 비로소 두툼한 육쪽마늘이 된다. 이보다 더 완벽한 서사가 있을까.

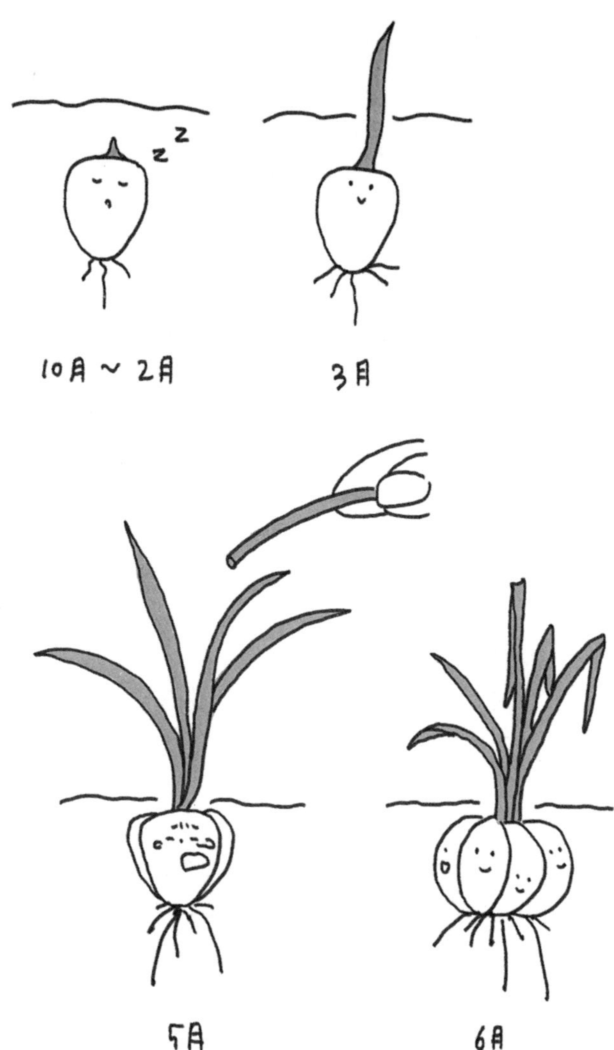
z
z
10月 ~ 2月
3月
5月
6月

12 월 5 일 | 일 요일

다이소에서 500원짜리 지점토를 사왔다. 기존 홀더는 인센스 스틱 하나밖에 못 쓰는 거라 한 번 쓰고 재를 버리고, 다시 꼽아 쓰는 과정이 너무 귀찮아서 여러 번 쓸 수 있는 디자인으로 만들었다. 이대로 3~4일 바짝 말리면 된다.

12 월 6 일 | 월 요일

어떤 사람들은 꽁꽁 숨기다 짜잔-! 하고 보여주는 거 잘하던데, 나는 그 짜잔이 잘 안 된다. 순간을 참지 못해 정제되지 않은 글과 그림을 올려버리고, 짜잔 뒤에 숨었어야 할 짠내 나는 과정과 어설픔이 준비되지 못한 채 공개된다. 그로 인해 그 뒷면의 노고가 무색해질 정도로 가볍게, 형편없이 소비되는 걸 보며 경솔했던 행동을 후회한 적도 많다.

하지만 나는 이 경솔함을 고칠 생각이 없다. 그래야 완성된 모습보다 뒷면의 이야기를 더 많이 말하는 사람일 수 있으니까. 돌이켜보면 반짝임은 늘 완성의 순간보다 과정에 있었다. 모든 게 정리된 순간보다 미완의 순간에 내가 하고 싶은 말이, 내 감정, 느낀 바가 더 생생히 살아 있었다. 설령 부족하고 어설플지라도 과정 속에 있을 때만큼 완성물에 대해 잘 표현할 수 있을 때는 없는 것이다. 그렇다면 그 반짝임을 놓친 채 별안간 완성물을 보여주는 것을 더 두려워해야겠지. 그러니 경솔한 건 아닐까 하는 염려에 순간의 반짝임을 빼앗기지 말자. 후회를 무릅쓰고 후회에 무뎌지자.

잘하기 위해선 선택과 집중을 하라고들 말한다. 하지만 내 경우 다 선택하고 다 집중해야 하는 상황에서 더 잘해내곤 했다. 2020년 여름의 나는 매일 (울면서) 온라인 교육 플랫폼인 클래스101의 촬영과 컷 편집을 직접 하던 숨 막히는 나날을 보내고 있었다.
당시 매월 15일, 30일마다 문경시와의 협업 콘텐츠를 연재했었는데 아슬아슬했지만 항상 마감을 지켰으며, 동시에 작가 15명과 협업한 프로젝트 〈피프툰〉에서 매월 한 편의 장편 만화도 그렸었다. 지금 돌아보면 미친 스케줄 소리가 절로 나오지만 결과적으로 세 프로젝트 모두 내가 손에 꼽게 잘해냈던 일들이다.
상식적이라면 하나에 집중할 때 제일 잘해야 하는데 이상하게 일이 하나만 있을 때보다 일이 서너 개 겹쳐 있을 때 더 잘해냈다. 중요한 일이 하나만 있으면 미루고 미루다 데드라인이 되어서야 할 텐데, 중요한 일들이 겹쳐져 있으니까 더 엄격하게 시간을 분배하고 전투적으로 움직인 덕분이다. 그래서 나는 지금 욕심나는 일들 앞에서 이번에도 한번 그렇게 해보려고 한다. 힘들겠지만 난 결국 해낼 거라고. 그것도 잘해낼 거라고. 그러니 욕심껏 해도 된다고. 다 감당할 수 있을 거라고.

소개합니다!
이달의 욕심왕!
귀! 찮!

11월에 주문한 탁상형 달력이 아직도 안 온다. 아무래도 달력 제작 성수기와 제대로 겹친 듯하다. 금요일부터 연말 굿즈 판매가 시작되는데 큰일이다. 따로 판매해서 배송비를 두 번 물 수도 없는 노릇이고, 크리스마스 한정 굿즈라 시간은 없고…. 모든 일이 착착 맞아떨어져도 잘할 수 있을까 말까인데 이렇게 어긋나니 딱히 제대로 하는 것도 없으면서 마음만 바쁘다.

12 월 9 일 | 목 요일

아주 좋은 문장이 떠올랐다.

어느새 그 문장에 매몰돼서 어떻게든

그 문장을 끼워 넣기 위해 질척거리고 있었다.

제 아무리 좋은 문장이라도 방향을 잃는다면 버리자.

좋은 문장보다 중요한 건 방향이다.

12 월 10 일 | 금 요일

연말 굿즈 구매 사이트 오픈 날. 결국 달력은 오지 않아 파우치와 엽서만 1차 오픈했다. 사이트 오픈 후 동생과 수술실에 들어가는 의사가 된 마음으로 깨끗하게 손을 씻고 경건하게 핸드크림을 발랐다. 장비를 챙겨 파우치 더미 앞에 앉았다. 실밥 하나, 먼지 하나도 용납하지 않겠단 마음으로 하나하나 검수했다.

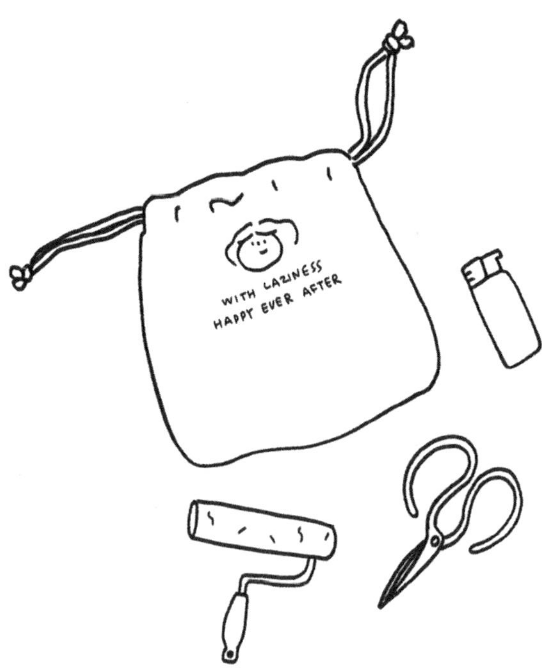

12 월 11 일 | 토 요일

달력이 2차 판매 기간에 오픈된다는 공지를 해서일까? 주문량이 작년의 반밖에 안 들어왔다. 속상하다. 속상한 건 속상한 거고, 이미 팔린 것과 앞으로 팔릴 걸 생각하며 다음을 도모해야 한다.

하지만 속상한 마음을 수습하고 의욕을 되찾는 데는 시간이 좀 걸릴 것 같다. 다행스럽게도 내가 이렇게 좌절하는 동안 동생이 흔들림 없이 엽서 검수를 도와주고 있다. 같은 일을 했다면 둘이 똑같이 좌절하고 있었을 텐데 각자 다른 일을 하면서 옆에 있으니 한발 멀리서 지켜보며 도와줄 수 있다. 그런 모습을 보며 다시 정신 치리기도 한다. 그러고 보니 이럴 때가 아니다. 얼른 포장해야지.

두 번째 온라인 클래스 오픈에 카카오 연재, 광고 만화, 굿즈 판매까지. 어제도 새벽 3시까지 파우치를 검수하고 포장하고 만화를 그렸다. 나도 내 스케줄에 조금 어이가 없다. 하지만 기회란 게 언제 내 입맛대로, 내 컨디션대로 오던가? 물 들어올 때 노 저어야지.

12 월 13 일 | 월 요일

새벽 4시까지 택배를 싸고 아침 11시에 일어나 씻고 우체국에 와서 연말 굿즈를 부치고 있다. 내가 송장 순서대로 박스를 올려두면 동생이 그에 맞추어 착착 송장을 붙인다. 다 하고 나니 오후 2시. 예전엔 새벽같이 움직이고도 우체국 마감 시간에 떠나야 할 차를 붙들고 송장을 붙이고 있었는데, 이제는 다 하고 점심을 챙겨 먹을 수 있다. 어느덧 환상의 4년 차 복식조다.

씻은 쌀에 채 썬 무를 올리고
해감한 굴을 얹어 밥솥에서 익힌다.

밥이 익을 동안 다진 마늘, 청양고추, 다진 파,
양조간장, 통깨, 고춧가루,
마지막으로 참기름을 넣어 양념장을 만든다.

밥이 다 되면 살살 뒤적여
대접에 담은 뒤 양념장에 비벼 먹는다.

서른세 살에 처음 만들어보는 굴솥밥.
맛있다.

12 월 15 일 | 수 요일

고대하던 달력이 왔다.
검은색상의 스프링과 삼각대가
너무 단조롭지 않을까 염려했는데,
다행히 좋은 선택이었다.

갑자기 이런 쓸데없는 글을 누가 읽어주지?

이런 책을 누가 사?

팔리기나 할까?

라는 생각이 들었다.

심지어 독자님이 지금 이 페이지를 보고

자신의 구매를 후회할지도 모르겠다.

보일러실에 가보니 등유가 한 뼘 정도 남았다.

강풍에 집기가 다 날아갈 것 같은 소리가 나는데

한 뼘으로 얼마나 버틸 수 있지?

애석하게도 지금 등유 시세는 몇 주째 올라 1,050원이다.

P.S. 결국 다음 날 등유를 넣었다. 559,400원이 나왔다.

연말 굿즈 2차 판매 오픈 날. 1분에 한 번씩 새로고침 하면서 주문량에 울고 웃고 있다. 내가 만든 무언갈 세상에 내놓고, 홍보를 하고, 손님을 기다리고, 마음처럼 안 팔리는 모습을 보면 마음이 닳는 듯한 느낌을 받는다.

12 월 19 일 | 일요일

간밤에 함박눈이 내렸나 보다.

다행히 날이 따뜻해서 빗자루로 쓸지 않고

가만히 창문 너머로 소복이 내린 눈을 즐겼다.

12 월 20 일 | 월 요일

고기를 완전히 끊을 수 없다면
최소한 고기 먹었다고 자랑하진 말아야 한다.

디지털 채식을 지향하는 나의 마음이다. 나는 불완전한 채식주의자다. 방금 전에도 믹스커피를 타 먹었고 지난주엔 치킨도 먹었다. 하지만 그걸 소재 삼지 않으려 노력한다. 현실의 움직임보다 디지털 속 움직임이 더 큰 세상이니까. 내가 추억하려 올린 사진 속 고기가 또 다른 고기 소비를 만들 테니까.
사실 디지털 콘텐츠 제작자로서 불금에 치맥을 말하지 않고, 해장으로 소주에 순대 국밥을 뺀 채 콘텐츠를 만드는 게 쉽지는 않다. 가끔 열심히 그리고 쓴 콘텐츠에 반응이 신통치 않으면 사람들이 쉽게 공감할 수 있는 자극적인 음식을 소재로 썼으면 어땠을까 하는 생각도 든다. 하지만 그럴 때마다 떠올린다. 내가 1년 내내 불완전한 채식을 하는 것보다 인스타에 고기 사진 하나 올리는 게 훨씬 더 파괴적인 행동이란 걸.

신년에 쓸 부적 일러스트를 그리고 있다. 소원 적을 칸을 만들어 사람들에게도 나누어줄 예정이다. 부적을 맹신하진 않지만 마음은 믿는다. 좋은 마음을 담아 그리면 그 마음이 그림에서 느껴지고, 무언가가 되고 싶다는 간절한 마음을 형체로 갖고 있으면 그쪽으로 움직이게 된다. 결국 부적이 하는 일이 아니고 마음이 하는 일인데, 그 마음이 흐트러질까 봐 부적을 보며 다시 마음을 다잡는 거다.

내년은 호랑이의 해니까 '귀찮'과 '호랑이'가 간절하게 소원을 비는 일러스트로 그렸다. 왼쪽의 동그라미는 얼핏 보면 해라고 생각하겠지만 사실 나는 해보다 달을 더 좋아하므로 달을 그려 넣은 거다.

산책길에 동생이 아기 소를 쓰다듬었다. 나도 쓰다듬은 적은 있지만 맨손으로 쓰다듬은 적은 없다. 무슨 느낌이냐고 물으니 "그냥, 마루하고 똑같아", "큰 마루를 만지는 느낌이야"라고 했다.

12 월 23 일 | 목 요일

카카오 이모티콘 팀에서 다이어리 세트와
초콜릿을 연말 선물로 보내주셨다.
귀찮티콘은 이제 한 달에 스무 개 남짓 팔리는
비인기 이모티콘, 비인기 작가인데
이렇게 챙겨주시니
염치없이 감사할 따름이다.

12 월 24 일 | 금 요일

연재와 택배 작업으로
돌보지 못한 작업실을 청소하고
동생과 조촐하게 토마토소스에
화이트 와인을 마시며
비로소 연말임을 느끼고 있다.

올리브유에 마늘을 볶을 때
고춧가루와 남은 청양고추를 썰어 넣었더니
훨씬 깔끔한 맛이 난다.

12 월 25 일 | 토 요일

크리스마스를 이렇게 보내는 사람도 있을까? 11시 반까지 자고 일어나 대충 끼니를 때우고 다시 누워 〈브리짓 존스의 일기〉를 보고 나니 어느덧 오후 5시다.
햇빛을 본 적도 없는 것 같은데 어느새 가로등 불빛이 창문을 넘어 컴컴한 집 안으로 들어와 그림자를 남겼다. 크리스마스를 이토록 컴컴하고 시시하게 보내는 내가 조금 못마땅하면서도 이렇게 보내는 것 이외에 달리 무엇을 할 수 있었나 싶다.

12 월 26 일 | 일요일

나는 아직 휴식이 부족하다.

근데 내일은 월요일이다….

올해 가장 잘한 일 중 하나는 다정한 세무사님을 구한 것이다. 나는 답을 알고 있는 하나의 질문을 서로 다른 세무사님께 물어보면서 가장 쉽고 다정하게 설명해주는 분께 기상과 세무 신고를 맡겼다. 같은 질문에도 어떤 세무사님은 무섭게 말하며 겁을 주고, 어떤 세무사님은 전혀 알아들을 수 없는 말로 설명하고, 어떤 세무사님은 그건 세무사가 알아서 할 일이니 그냥 맡기고 일에 집중하라고 했다.

하지만 실제 세금 신고 마지막엔 언제나 세무대리인이 하는 경우에도 본인이 확인했음에 동의하는 항목이 있다. 어떤 경우에도 모든 책임은 내가 지는 것이다. 그렇기에 신고는 세무사님이 하더라도 그 내용은 내가 정확히 알고 있어야 한다. 당장의 절세보다 다정하고 인내심 있는 세무사님을 찾게 된 이유다.

얼렁뚱땅 덮지 말고, 모르는 내용이 있으면 겁내지 않고 물어볼 수 있는 사람을 찾아가기. 이 공식은 두렵고 막막한 영역일수록 더 잘 쓰일 것 같다. 일을 얼마나 잘해내는지도 중요하겠지만, 잘 모르는 영역일수록 화내지 않고 다정하게 설명해주는 게 내겐 더 중요하다.

제대로 쉬려고 했는데

제대로 쉬어야겠단 생각만 하다가

제대로 못 쉬었다.

집 앞 개천에서 얼음을 깨고
잠든 개구리를 잡는 옆집 할아버지와 할머니,
소년 소녀 같으시다.
개구리는 잡식이라 여름엔 먹지 않고
속이 비는 겨울에만 먹을 수 있다고 한다.

카카오 채널에서 연재 중인 〈귀찮의 쏘울푸드〉 마지막 마감날. 타협의 시간이 도래했다. 오늘 밤 8시에 업로드인데 마지막까지 맘에 드는 소재가 나오지 않아 썼다 뒤엎길 반복하며 오전까지 콘티를 갈아엎었지만 여전히 맘에 들지 않는다.

몇 시간만 더 있었으면 더 좋은 게 나올 것 같은 느낌도 든다. 하지만 이제는 이대로 가야 한다. 최선을 다해서 잘하고 싶지만 지금으로선 이게 최선이다. 야속하지만 그렇다. 마감 시간도 내가 완수해야 할 결과물 중에 하나였으니까. 아무리 완벽하대도 마감 시간을 지키지 못하고 해내는 건 미완성이니까.

12 월 31 일 | 금 요일

마지막까지 호락호락하지 않은 연말이다. 나의 의지와 체력에 상관없이 철거머리처럼 딱 붙어서 떨어지지 않는 피곤한 일들. 정말 하기 싫고, 끝내 해내기도 싫지만, 그래도 기운 내서 마주한 이유는 새해에도 이럴 순 없으니까. 힘들고 괴로운 일은 어떻게든 올해에 다 우겨넣고 가볍고 홀가분한 마음으로 새해를 맞이하자.

올해 남은 에너지 다 써서라도
너한테 그 힘든거 아팠던 거
다 우겨넣고 버리고 갈 거야

2021

잘가라 2021!
안나서 드러웠고
다신 보지말자!

새해에는
내 꼬대로 살 거야!
내가 옳고, 내가 맞아!
아무도 나 괴롭히지 마!!

1월

흥흥

1 월 1 일 | 토 요일

평소 같았으면 가까운 산이나 바다로 일출을 보러 갔을 텐데 오늘은 동향의 본가에서 푹 자고 일어나 부스스한 머리, 잠옷 바람으로 창문 너머 일출을 봤다. 복장 덕분인지 비장한 각오나 의지도 없이 그저 멍하니 뜨는 해를 감상하게 된다. 조금 싱겁긴 해도 편하다. 마침 신년 목표도 무리하지 않는 것이다. 고로 새해 첫날부터 목표를 이루고 시작했다고 볼 수 있다.

무리하지 말자. 지밖에 모르는 이기적인 인간 소리를 들어도 내가 살아야 내 주변도 산다는 걸 명심하며 언제나 내 마음과 몸의 건강을 1순위로 두는 2022년을 보내자.

새해엔
무리하지 않아요~
제발~

어제 5,800걸음

오늘은 6,600걸음!

10,000보까지는 바라지도 않는다.

평균 5,000보만 넘자!

시원하게 앞머리까지
바짝 올려 묶으면 뒷머리가 빠지고
내려 묶으면 앞머리가 빠진다.
진정한 거지 존인가.

생일을 맞이한 친구 며니와 속초에 왔다. 며니의 회사는 코로나 이후 전면 재택근무로 돌입해서 어디에서든 일할 수 있다. 덕분에 평일에 속초를 오는 호사를 누렸다.
각자 일을 하다 며니 퇴근 후 저녁이 되어 문경에서부터 싸온 밑반찬과 조미료, 쌀, 라면, 미역과 황태로 생일상을 차렸다. 사실 여기서 사도 되는 것들이라 억척스러운 구두쇠가 된 기분이었지만 바리바리 싸들고 온 이유는 무언갈 남기고 싶지 않았기 때문에. 여행이란 이유로 김치부터 라면까지 과하게 사고, 다 먹지도 못한 채 버리거나 무겁게 다시 싸들고 간 적이 얼마나 많았나. 갈 때 가볍고, 올 때 무거운 여행 대신 갈 때 무겁고, 올 때 가벼운 여행을 즐기자.

새벽 3시까지 화이트 와인 1병, 레드 와인 1병, 진로 소주 1병을 마시며 떠들다 잠들었다. 일어나니 눈알이 건조하고 속이 안 좋다.
며니는 숙취도 없는 걸까? 일찍이 출근해 작은 방에서 열띤 회의를 하고 있길래 조용히 어제 남은 쌀밥에 조각 김치, 밥이랑 가루, 참기름, 뜨거운 녹찻물을 부워 야매 오차즈케를 만들어 먹었다. 혹시나 싶어 밥이랑 가루까지 챙겨온 나 자신 칭찬해!

속초 여행 마지막 날.
파란 동해 바다가 보이는
시원한 거실 앞에 앉아
영화 〈맘마미아〉 엔딩 크레딧에 나오는
〈Dancing Queen〉을 들으며 체크아웃을 준비하고 있다.
맘마미아 OST는 다 좋아하지만
그중에서도 특히 〈Our Last Summer〉를,
그중에서도 콜린 퍼스의 떨리는 목소리가 담긴
도입부를 제일 좋아한다.

하지만 체크아웃에는 역시 〈Dancing Queen〉이지!

명절에 선물로 들어오는 샴푸를 제외하면 플라스틱 통에 든 샴푸를 내 돈 주고 사는 일은 없어졌다. 요즘엔 비누 하나로 온 몸을 씻는데, 이때 송월타올에서 나오는 네모난 때타올을 애용한다. 타올에 비누칠을 듬뿍해서 몸 구석구석을 시원하게 닦고 나면 얼마나 개운한지!
그렇게 샤워를 마치고 나니 이제 어딜 가든 비누 한 장, 때타올 한 장만 있으면 신나게 씻을 수 있는 가벼운 인간이 된 것 같아 흡족하다. 다음에 여행 짐을 꾸릴 때도 바디워시, 샤워볼, 린스, 샴푸 없이 때타올 하나 챙겨 현지에서 비누 한 장 사서 씻어야지!

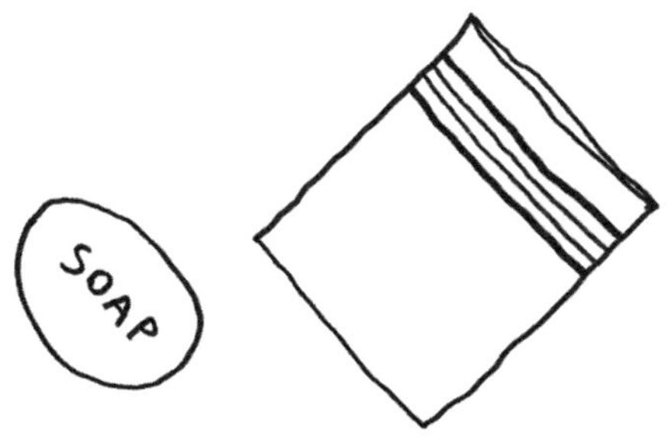

느지막이 일어나 차를 내려 마시고 있다. 찻사발의 고장 문경인답게 우리 집엔 다양한 다기가 준비되어 있는데 최근 가장 좋아하게 된 다기는 하얗고 단출한 다기세트. 실제로 이 구성인지는 모르나, 다관을 겸하는 숙우 하나, 찻잔 하나가 끝. 요 두 가지만으로도 충분히 차를 맛나게 내려 마실 수 있다. 오늘의 차는 감잎차. 녹차나 보이차는 온도나 우려내는 시간이 안 맞으면 떫어지는 예민한 찻잎이라 손이 안 가지만 감잎은 어떻게 우려도 떫지 않고 부드럽다. 카페인도 없어서 언제 먹어도 부담이 없다. 참 무난하고 곰살 맞은 찻잎이다.

남은 음식물로 만든 퇴비를 텃밭에 뿌렸다. 시골엔 음식물 수거차가 오지 않는다. 이곳 사람들에게 남은 음식물은 냄새 나는 쓰레기가 아니라 소똥과 함께 썩혀서 밭에 뿌려야 할 영양분이다.

이렇게 자신이 만든 쓰레기를 직접 자연으로 돌려보내는 시골의 방식은 참 멋지다. 그래서 나도 이곳에 온 지 얼마 안 됐을 때 마당 텃밭 한편을 깊게 파고 깨끗이 헹군 음식물을 버렸다. 문제는 며칠 뒤부터 그 자리에 구더기와 날파리가 꼬였다는 거다. 자연스러운 분해 과정임에도 불구하고 징그럽고 무서워 미생물 처리기를 들였다.

미생물 처리기에 먹다 남은 음식물을 넣으면 눈에 보이지 않는 작은 미생물들이 그걸 먹고 몇 시간 이내에 보드라운 흙으로 바꾸어준다. 처음에 뭣 모르고 너무 짠 음식이나 잔류 세제가 섞인 많은 양의 음식물을 주었더니 보드랍던 미생물이 곤죽처럼 변한 채 앓아누웠다. 며칠을 금식시켰다가 상태가 좀 나아져서 정말 사람 밥 주듯 깨끗이 헹구어 주고, 과식을 하지 않도록 적당히 나누어서 주니 1년 내내 건강히 고영양의 퇴비를 만들어준다.

덕분에 우리 집 텃밭 야채들은 비료 없이도 풍년이다. 사실 흙과 잘 섞어주기만 한다면 텃밭 자체가 하나의 큰 미생물 처리기다. 그곳의 큰 미생물로 지렁이와 구더기, 날파리들이 있을 뿐.

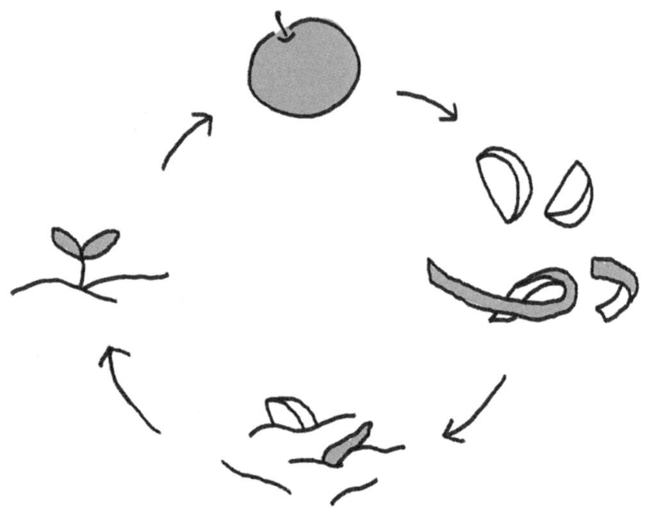

요즘은 샤워가 가볍게 시도할 수 있는 정신수양처럼 느껴진다. 집중이 안 되거나 멍할 때, 일단 씻으면 좋은 생각도 떠오르고 몸도 마음도 한결 개운해진다. 싹 씻고 로션을 바르고 나면 무언갈 시작할 수 있는 몸과 마음에 준비를 마친 느낌이다. 예전엔 미루고 미루다 내 정수리에서 나오는 냄새 때문에(?) 정말 씻을 때가 되어서야 울며 겨자 먹기로 씻곤 했는데, 이제는 굳이 씻을 필요가 없는데도 아침저녁으로 물 샤워하는 날이 많아졌다.

집에서 쓰는 냉장고는 300리터짜리 코스텔 냉장고다. 먹지도 않을 음식으로 가득 찬 냉장고가 싫어서 일부러 작은 용량을 선택했지만 가끔 답답하게 느껴지는 건 사실이다. 그래도 요즘 같은 한겨울엔 날씨가 냉장고 역할을 충분히 해줘서 좋다. 오늘은 마당에 두었던 캔맥주를 따니까 슬러시가 됐다. 스노우헤드 아니고 아이스헤드.

세무사님께 보낼 부가세 관련 자료를 정리하고, 전자세금계산서 발행용 공인인증서를 갱신하고, 12월 카카오톡 이모티콘 판매분에 대한 역발행 세금계산서를 승인했다.

처음 사업자를 냈을 때, 세상의 모든 자영업자들이 이런 세무적인 일과 친한 걸까 하는 의문이 들었다. 나에겐 이 모든 게 너무나 막막하고 복잡해서 다들 이런 걸 하고 살진 않을 거라 생각했는데, 막상 겪어보니 모든 자영업자가 이런 일을 당연히 하고 사는 것이었다.

퇴사 전엔 내 일을 잘해내기 위해서 그림 잘 그리고, 글 잘 쓰면 다 되는 줄 알았는데 아니었다. 그건 너무나 당연하고 그 외에 수많은 것들을 하나부터 열까지 다 직접 해야 한다. 그래서 요즘은 몇십 년째 가게를 운영하는 엄마와 이모, 삼촌, 자주 가는 동네 슈퍼나 미용실, 백반집 사장님도 존경스럽다. 어떻게 이 복잡한 걸 매번 해내시고 사셨을까?

< 프리랜서가 되면 하려고 한 것 >

이게 다 뭐야아아?
Hometax
세금계산서?
등록면허세?
사업자통장?
50000
RE:
역발행
세금계산서
×10% VAT?
₩
견적서
날인?
계약서
거래
명세서
원천징수 3.3%?
포장
택배송장

<실제 프리랜서가 하는 일>

집업실에는 침대와 TV가 없다. 늘어지는 가전과 가구는 들이지 말잔 생각이었다. 하지만 오늘처럼 영하 10도로 내려간 날씨에 딱딱한 책상과 의자에서 일하려니 일할 맛이 안 난다.

이럴 때 쓰려고 사둔 2인용 접이식 소파가 있다. 돈도 마음의 여유도 없을 때 싼 맛에 산 소파라 쿠션감이 좋지 않지만 이렇게 추운 날 쭉 펴고 전기장판을 깔면 간이침대 역할로 쓸 만하다. 덕분에 와식 업무 중!

ㅎㅎ

굵직한 일들도 다 끝났다. 누가 쫓아오는 것도 아니다. 맘 편히 쉬어도 되는데 자꾸 사소한 일, 당장 해결할 수 없는 일까지 신경 쓰며 걱정거리를 긁어내고 있는 듯한 기분이다. 그러면서 조급함에 마음이 자꾸 닳는다. 걱정이 완벽하게 없어야 쉴 건데 그런 날은 없다.

1 월 15 일 | 토 요일

누군가의 반짝임을 보고

열등감이나 자기비하 없이

그대로 바라보고 싶다.

도무지 인정할 수 없다.

1 월 17 일 | 월 요일

12월 17일에 가득 넣은 기름이 벌써 반 넘게 닳았다. 정확히 한 달 만이다. 이로써 2월에도 기름을 넣어야 하고, 시골집에서 1년을 나려면 최소 150만 원 정도는 난방비로 나간다는 계산이 선다.
자기 전 자는 방 하나만 20도로 해놓고, 일어나면 16도로 낮춘다. 낮에는 잔열기와 등유난로에 의존해 하루를 나기 때문에 집 안에서도 내복에 후리스를 입고 산다. 그런데 어째서 벌써 이렇게 닳은 것인가.

들기름에 옆면까지 바짝 구운 두부에 오리엔탈 소스를 얹어 아점으로 먹었다. 겉바속촉은 두부구이를 두고 하는 말이었다. 맛있게 든든한데 몸과 자연에도 좋다.

두부엔 단백질이, 들기름엔 오메가3가 풍부하다. 단백질과 오메가3를 얻기 위해 소를 죽이거나 연어를 죽이지 않아도 된다. 중금속이나 유전자 변형을 걱정하지 않아도 된다. 두부만으로도 충분히 맛있고 건강하다. 만약 한국이 아니라 치즈와 우유를 주식으로 하는 나라에 살았다면 채식이 쉽지 않았을 것이다. 생각하면 생각할수록 한국은 채식하기에 참 좋은 나라다.

* 귀찮표 오리엔탈 소스

다진 마늘 많이, 깨소금, 올리고당, 간장, 올리브유, 통깨

1 월 19 일 | 수 요일

매일 한 컷의 그림과 짧은 글을 쓰는 것. 이 책의 콘셉트다. 그렇게 두 달째. 지금까지 그려온 그림과 글을 보니 조금 아득하다. 맥락도 목적도 없이 기록한 개연성 없는 하루들. 지금 보니 이걸 책에 실어도 될까 싶을 정도로 형편없는 내용도 많아 무얼 하고 있는 건지 잘 모르겠다. 이 책이 끝날 즈음에는 이 책을 쓰고 있는 이유를 스스로 찾을 수 있을까? 이토록 허접한 매일의 기록이 나름의 의미가 생길까?

지금도 뭐가 없지만 5년 전엔 지금보다 훨씬 보잘것없고 증명된 것 없는 인간이었다. 2018년 1월, 무명의 귀찮을 믿어주신 연재 담당자님이자 가장 최근 연재의 담당자님이셨던 보나 님과 처음으로 밥을 먹었다. 우린 친구가 될 수 있을까? 그랬으면 좋겠다.

서울에 머무는 동안 연남동에 있는 작고 낡은 에어비앤비를 숙소로 쓰고 있다. 12평 남짓한 투룸 구조 2박 3일에 28만 원. 고가의 제품보단 각재와 이케아로 채워진 곳이지만, 집 자체에서 느껴지는 손때 묻은 따뜻함과 구석구석 청소한 게 느껴지는 호스트의 섬세함 덕분에 잘 잤다. (마루와 동생과 함께여서 잘 잔 것도 있다.)
시골에 사는 것도 너무 좋지만 출장 올 때마다 낯선 곳에서 자느니 차라리 이런 집이 하나 있었음 얼마나 좋을까 싶다.

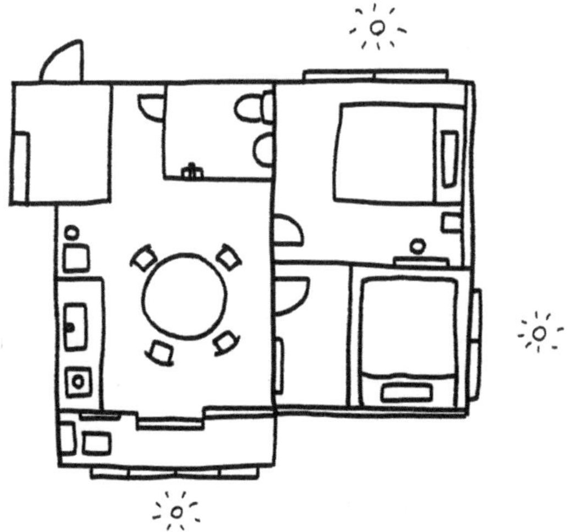

예전엔 커피가 맛있는 카페, 조용한 카페가 좋은 카페였다면 마루가 가족이 된 이후로 우리 자매에게 좋은 카페는 강아지와 함께 갈 수 있는 카페다. 거기서 커피도 맛있고 브런치도 맛있는데, 사장님이 강아지를 반겨주시기까지 하면 최고의 카페가 된다.

눈 쌓인 홍제천을 걷다 동생이 즐겨 찾던 카페에 들어가 애견 동반을 여쭈니 마루가 편히 쉴 수 있는 코너석 자리를 내어주셨다. 간단한 브런치와 맛있는 커피를 마셨고, 마루는 편안히 잔다.

늦은 밤, 산책을 하다가 시동 꺼진 6.5톤짜리 트럭이 흔들리는 걸 보았다. 트럭 안, 경계를 나눈 쇠창살 사이, 앉지도 몸을 돌리지도 못할 좁은 공간에 6마리의 소가 다닥다닥 붙어 있었다. 사람은 따뜻한 이불을 깔고 편히 누워 잠들 준비를 하는 시각에 여기 이 소들은 좁고 추운 트럭 위에 눕지도 자지도 못한 채, 물 한 모금 못 마시고 서서 밤을 새겠지.

부정적인 감정은 참 쉽게 하루를 망친다. 오전 내내 기분 좋은 일이 연이어 일어나도 오후에 안 좋은 일 하나만 생기면 빈정이 상하고, 생각할수록 짜증이 나고 스트레스를 받는다. 그럴 땐 평소였음 웃고 넘어갈 주변 사람들의 사소한 핀잔, 투정, 심지어 지나가는 말 한마디에도 불같이 화가 나고 마음에도 없었던 삐죽한 말들로 상대방을 찌르게 된다. 어느새 오전의 좋은 일은 사라지고 부정적인 감정만 걷잡을 수 없이 계속 커져 기어코 하루를 망친다.

그러니까 지금처럼 짜증이 나고 화가 솟구칠 땐 그 감정이 연쇄 작용으로 이어지지 않도록 감정을 끊어버려야 한다. 나가서 걷자. 뛰자. 그 사람, 그 상황으로부터 단 10분이라도 멀어지자. 이대로, 이렇게 오늘 하루를 망칠 순 없으니까.

신년 카드에 들어갈 그림을 그리고 있다. 새해의 복을 가득 가득 담아 그리고 싶은데 역시 돈만 한 게 없다. 돈이 전부는 아니지만 돈이 있으면 고난에도 좌절하지 않고, 아쉬운 소리 하며 비참해지지 않고, 사랑하는 사람에게 마음에도 없는 날선 말로 할퀴지 않을 수 있으니까.

내 책상은 가로 1800 세로 1200의 하얀 책상이다. 나는 이 책상에 온갖 물건을 다 올려놓고 일하는데, 덕분에 이렇게 큰 책상을 쓰면서도 책상 끄트머리에 아이패드를 걸친 채 일할 때가 많다. 깔끔쟁이 동생은 그렇게 어지러운 데서 일이 되냐며 놀라워하지만 나에게는 전혀 문제가 되지 않는다. 세상엔 주변이 산만하면 일이 안 돼서 먼저 청소를 하고 일을 해야 하는 동생 같은 사람이 있는 반면, 전쟁통처럼 보이는 방구석에서도 좋은 생각이 나면 지체 없이 그리고 쓰는 나 같은 사람도 있기 마련이다. 물론 가끔 혼돈의 책상 상태를 보며 정리의 필요성을 느끼긴 하지만, 이제는 나름의 질서를 갖춘 덕분에 물건이 어질러진 그 자리가 제자리가 되었다. 난 이 친구들 고유의 영역을 존중한다. 그러니 내 동생도 내 고유의 영역을 존중해주었으면 좋겠다. 흥.

애벌 설거지를 시작한 이후로 설거지가 재밌다. 물로만 그릇을 한번 싹 씻어낸 뒤 거름망에 쌓인 음식물을 미생물 처리기에 버리면 미생물 친구들이 훨씬 좋아하는 느낌이 든다. 덜 짜고 덜 맵고 잔류 세제 없는 건강한 음식을 준 느낌이랄까? 그리고 본 설거지를 시작하면 수세미에 세제를 딱 한 번만 써도 거품이 잘 나고 박박 닦인다.

과거에 꺼낸 지 얼마 되지도 않았는데 금세 기름져 세제를 묻혀도 거품이 안 일어나는 찐득한 수세미 때문에 받은 스트레스와 과하게 버려진 세제나 수세미와 비교하면 지금은 룰루랄라 설거지 시간인 셈이다. 애벌 설거지를 시작한 후론 그릇에서 완벽한 뽀득뽀득 소리가 난다. 이따금 기름기 없는 음식을 먹으면 뜨거운 물로만 설거지를 하는데 그것도 아주 뿌듯한 일과 중 하나다.

《모리와 함께한 화요일》 한영대역판을 소리 내어 읽고 있다.

읽고 읽다가 해석이 안 되면 왼쪽의 번역을 본다.

이렇게 35페이지까지 읽는 데 한 시간이 넘게 걸렸다.

비굴하고 재밌다.

1 월 29 일 | 토 요일

아침부터 틈틈이
《모리와 함께한 화요일》을 소리 내어 읽고 있다.
신기하게도 그렇게 소리 내어 읽을 때면
마그네슘을 두 알씩 먹어도 소용없었던
오른쪽 눈 밑 경련이 가라앉는 느낌이 든다.
(일주일째 눈 밑 경련으로 괴로워하고 있었다.)
속이 시원한 느낌도 든다.

구정이다. 조용한 시골 마을이 모처럼 붐빈다. 동생이 이웃 할머니들께 김 선물세트를 전해 드리러 갔다가 귀한 감주를 한 통이나 받아왔다. 잠깐 밖에 두었다 마시니 살얼음이 껴 훨씬 맛있다.

작년 한 해 마을 할머니 할아버지들이 많이 아프셨고 더러는 돌아가셨다. 이 반가운 붐빔이 얼마나 지속될지, 이 맛난 감주를 앞으로 몇 번이나 마실 수 있을지 모르겠다.

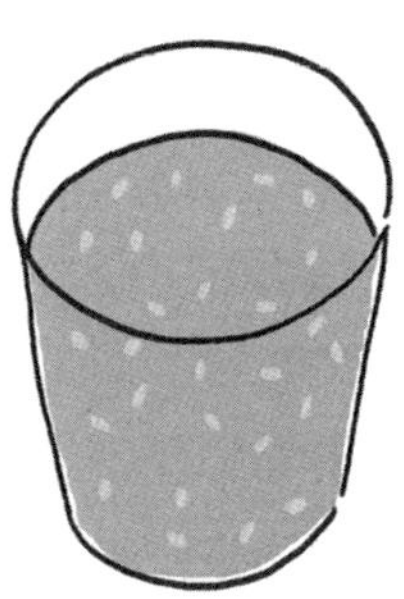

나흘 연속 《모리와 함께한 화요일》을 소리 내어 읽고 있다. 그러다 한 문장에서 멈췄다. “Love is the only rational act.” 사랑 이야기가 나와서 말인데, 아마 이 책을 보는 사람은 나에 대해 이렇게 생각할지도 모른다. 이 사람 연애는 안 하나? 시골 집업실에만 처박혀서 일만 하고 늘 알던 친구만 만나고. 시골에 내려온 뒤로 으레 들어왔다. 그럼 나는 답한다. 그게 과연 시골에 살아서일까.

2월

4년 전 그림을 다시 그려봤다.
원본은 @lazydrawing.day에 올림.

페북이 4년 전 오늘 게시물이라고 알려준 그림. 그때도 지금도 같은 마음이구나 싶고, 매일 똑같은 그림을 그린 것 같아도 선이나 글씨체는 드라마틱하게 변해온 듯하다. 좀 더 안정적인 느낌으로 바뀐 것 같아서 좋기도 하고, 4년 전 날것의 느낌이 없어 아쉽기도 하고. 어쨌든 그 과정이 이렇게 고스란히 남아 있다는 것에 의미가 있겠지. 앞으로도 별 생각 없이 쓰고 그리며 흐르듯 변해가자.

쌀밥은 취사가 끝나자마자 밥솥에서 꺼내 잘 흔들고 전자레인지용 용기에 나누어 담아 둔다. 식으면 냉장고에 넣었다가 필요할 때 하나씩 꺼내서 전자레인지에 1분 30초 돌려 먹는다. 이러면 전기세도 아낄 수 있을뿐더러 밥솥 안에서 누렇게 뜬 쌀밥이 아니라 언제나 뽀얗고 탱글탱글한 밥을 먹을 수 있다. 참 별 거 아닌데도 이런 작은 살림 팁이 늘어날 때마다 나를 챙기며 잘 살고 있단 느낌이 든다.

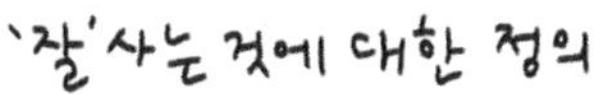

2 월 3 일 | 목 요일

평소에도 안구 건조와 비염을 달고 살지만
오늘은 좀 심해 아침부터 감잎차를 연거푸 마셨다.
오후엔 중요한 미팅이 있는데
아직 간헐적으로 눈 밑 경련이 있다.
'눈을 마주쳤는데 살이 떨리면 어떡하지?'
'계속 훌쩍훌쩍 대면 지저분하다고 생각할 텐데.'
눈도 코도 내 맘대로 안 되는 상태로 나가야 한다니.

엄마가 지난 월요일에 만난 사람이
코로나에 걸렸단 이야기를 들었다.
지난 구정 때 할머니와 친척들도 만나고,
어제는 모회사의 대표님도,
친구 며니도 만나고 온 데다
내일은 모처럼 속초로 가족 여행을 가기로 했는데….
그러고 보니 어제 유난히 비염도 심했다!

엄마의 PCR 검사 결과가 나왔다.
어제부터 민폐의 아이콘 취급을 받고
잔뜩 우울했던 엄마를 위해
숙소에서 조촐히 코로나 음성 파티를 열었다.

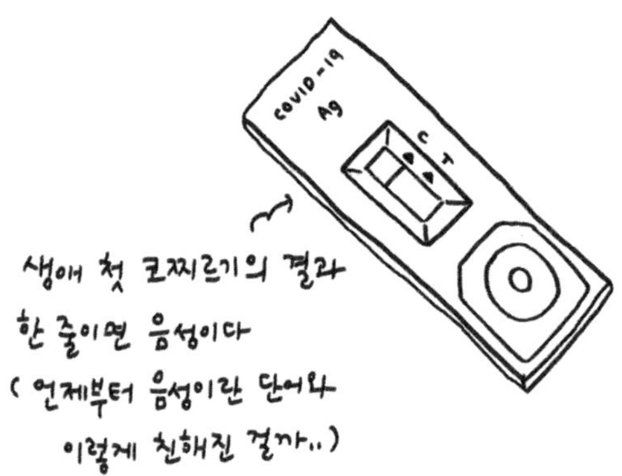

지난번처럼 속초 숙소의 도면을 그려본다. 서울 숙소에서도 도면을 그려두니 그 공간 속 추억들이 더 오래, 선명하게 남기도 하고 인테리어의 요소요소를 이해하는 재미가 있었다. 언뜻 봤을 때 왜 이렇게 했을까 생각했던 부분이 도면을 그려놓고 보면 정확히 이해된다.

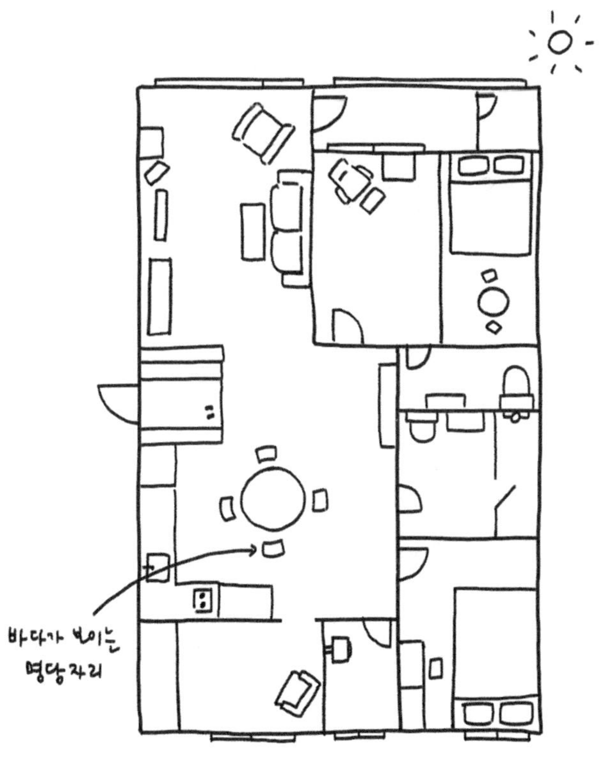

벌써 열두시라니
오늘도 정말 한심한 하루를 보냈군
하는 수 없이
자러 가는 중

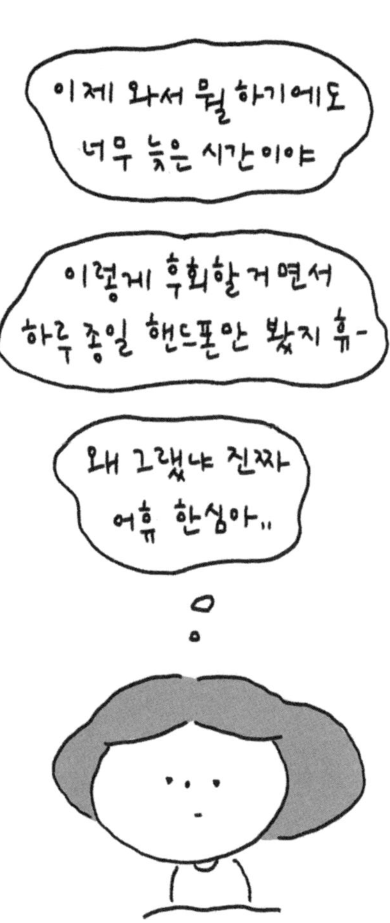
이제 와서 뭘 하기에도
너무 늦은 시간이야
이렇게 후회할거면서
하루 종일 핸드폰만 봤지 휴-
왜 그랬냐 진짜
어휴 한심아..

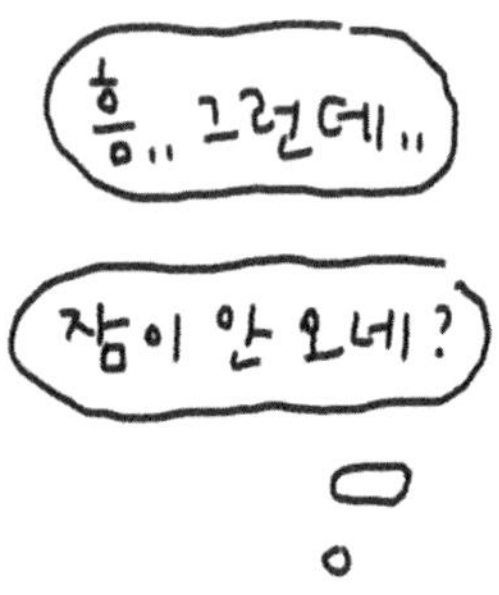
흠,, 그런데,,
잠이 안 오네?

그럼 어차피 이렇게 된 거
핸드폰이나 하다 잘까?

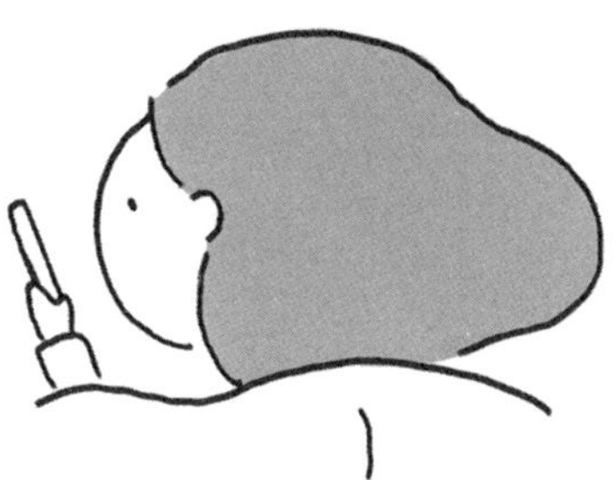

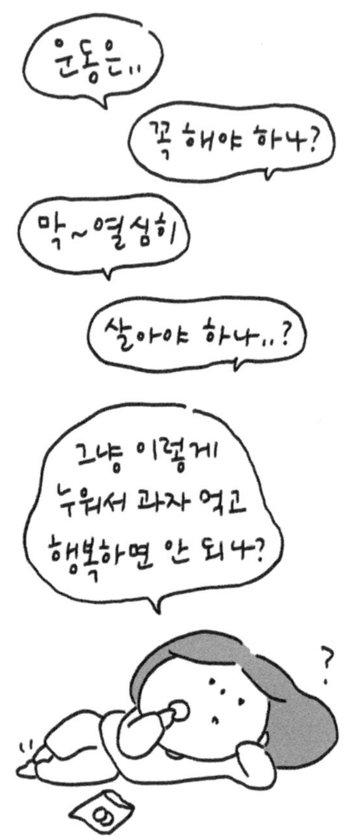

그냥 이런 게으른 만화나 그리면서 살면 안 될까.

아침에 일어나 씻고 동생은 이불을 개고 나는 아침상을 차린다. 빵과 커피, 샐러드를 먹고 식탁을 정리한다. 잠깐 일하다 설거지를 하고 점심으로 비빔국수를 만들어 먹고, 다시 일하다가 중간중간 세탁기를 돌리면 동생은 빨래를 널고 개고 수납한다. 그사이 또 잠깐 일하다 마루와 1시간 정도 동네 산책을 하고 돌아와 설거지를 하며 저녁 준비를 한다. 저녁은 청국장이다. 밥을 안치고 재료를 다듬어 보글보글 끓여 맛있게 먹는다. 또 설거지를 한다. 설거지하는 동안 동생은 청소기를 밀고, 내가 방을 쓸고 닦고, 동생이 이부자리를 펴면 뭐 한 것도 없이 하루가 훌쩍 지나가 있다.

대체로 즉흥적으로 쓰고 그리는 편이다. 그때그때 생각나는 대로 지체 없이 쓰고 그리는 게 내 방식이다. 분명 그랬다. 근데 어느 순간부터 스케치를 하고 선을 따고 채색까지 하며 어렵게 그림을 그리고 있었다.

덕분에 콘텐츠 자체의 완성도는 높아졌지만 뭐랄까, 그 과정 속에 나오는 끝없는 자기검열로 마음은 괴로워지고, 스치는 아이디어와 생각들이 휘발되고, 심지어는 날것의 매력 또한 날아가버렸다. 그리기가 싫어졌다. 그래서 그딴 거 때려치우기로 했다. 진짜 대충 그려서 인스타에 올려버렸다.

오히려 그렇게 며칠 공들여 채운 피드를 나답게 망치고 나니까 속이 시원했다. 역시 사람은 하던 대로 해야 맘이 편하다.

아무것도 하기 시러요

단언컨대 오늘의 나보다 멍청하게
인생을 낭비하는 사람은 없을 것이다.

2 월 12 일 | 토 요일

아침에 눈 뜨는 시간은 오전 9시 즈음이지만
실제로 몸을 일으켜 세우는 시간은 마루에게 달렸다.
마루는 기상과 거의 동시에 문을 열어달라며
미닫이문을 박박 긁는데
언젠가부터 그렇게 마당으로 나갔다가
들어오는 시간이 꽤 길어졌다.
추울 땐 볼 일만 보고 후다닥 들어오더니,
어느새 한 발 한 발 기지개를 켜고
마당 구석구석 냄새를 맡으며 좋아요 표식을 남긴다.
제일 맘 편한 앞쪽 밭에다가 응아를 한 뒤
바깥에서 나는 인기척에 옆집 개들과 같이 왕왕 짖다가
마당에 제일 볕 좋은 자리에 엎드려 햇빛을 즐긴다.

날이 많이 따뜻해졌다는 뜻이다.

일은 어떤 경로로 나에게 들어오는 걸까? 사실 이 일을 시작할 때만 해도 일은 담당자의 스프레드시트에 리스트업 된 수많은 블로거와 유튜버, 인스타 인플루언서 사이에서 적당한 단가와 구독자 수에 맞춰 떨어진, 언제든 대체될 수 있는 선택지에서 온다고 생각했다. 그렇기에 초창기 귀찮의 목표는 그저 더 유명해져서 그 선택지 안에 들어가는 거였고, 그런 내 생각은 담당자와 주고받는 메일의 어조에 고스란히 반영되었다.

귀찮으로 활동한 지 8년, 여전히 많은 일들이 그렇게 리스트업 되어 들어온다. 다만 지금은 내가 그 리스트에 적힌 수많은 선택지 중에 하나일지라도, 적어도 그 시작은 한 사람의 관심에서 시작된다는 걸 안다. 그리고 그 떠올림이 얼마나 귀한 떠올림인지를 생각하면 전처럼 형식적으로 답할 수만은 없게 된다. 그래서 성사되지 않을 것 같은 메일에도 말미에 이렇게 쓰고 있다.

혹 이번에 함께 하지 못하게 되더라도,
민지 님의 프로젝트에 저를 떠올려주신 점에 대한 감사함을 전합니다.

날이 제법 따뜻해지니 재작년 이맘때 자주 먹던 삼동초 샐러드가 생각났다. 다른 상추과 채소들과는 비교가 안 되는 달고 아삭한 식감. 그때 잘 먹고 말려둔 삼동초 씨를 심으려고 밭을 정리하다가 작년 이맘때도 똑같이 심고선 실패한 기억이 났다.

'할머니가 심었을 땐 그냥 흩뿌려 심었던 것 같은데 어떻게 났지?' 하고 곰곰이 떠올려보니 할머니는 가을에 심었던 기억이 스쳤다. 가을의 따스한 볕에 조그맣고 여린 싹을 틔운 삼동초 씨는 겨우내 추위를 피해 아래로 뿌리를 내리고, 봄기운에 날이 따뜻해지면 그제야 푸르고 힘찬 싹을 올렸던 것. 다시 말해 올해 삼동초 먹기는 글렀다는 것이다. 이 아쉬움을 꼭꼭 기억해두었다가 올 가을에는 꼭 삼동초 씨를 파종하리. (달력에도 적어두었다.)

2 월 15 일 | 화 요일

윤수야, 올 늦게 자고 좋은 꿈꾸는 날이라
옛날에는 한잠도 안 자고
샘에 물을 떠다 찰밥 해 먹고 잤어.
찰밥 못 먹으면 고구마나 밤인따나
딱딱한 거 깨물어 먹고
좋은 꿈 꾸고 일 년 열두 달 재수 있거라.

보름날 울 할머니가 해주신 덕담.

언니 오늘 일 하나도 안 했지?
응
그런 날도 있는거지 뭐~
나 어제도 안 했는데?
그럴 때도 있는 거지 뭐~
- 오늘의 좋은 말 -

2 월 17 일 | 목 요일

대전에 왔다가 가구거리에서 빈티지 접이식 원목 테이블을 6만 원에 구했다. 역시 진짜 좋은 건 발품을 팔아야 얻을 수 있구나 싶다. 날이 따뜻해지면 마당에 펼쳐놓고 책도 읽고 커피도 마셔야지. 봄아, 오거라.

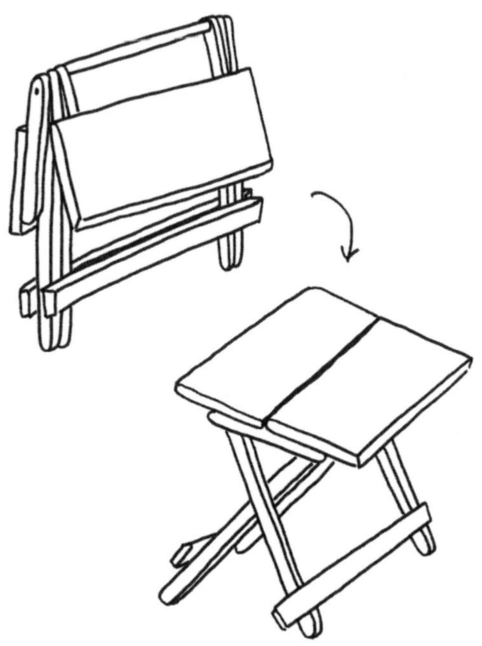

제대로 못 쉬는 이유의 8할.

3.3% 원천징수 형태의 프리랜서에서 간이사업자로, 그러다 일반사업자로. 지나고 보니 별 일 아니었지만 당시엔 사업자 유형을 바꿀 때마다 너무 막막하고 어려운 데다 나의 간장 종지 같은 역량에 맞지 않는 규모 같아서 온갖 걱정과 염려, 불안에 휩싸이곤 했었다. 그래도 지금까진 어떻게 혼자서 아등바등해왔는데 드디어, 최종 빌런을 만난 기분이다.

매일 성취와 성과에 대한 압박을 느끼며 사는 삶보다 가끔 내가 원하는 시점에 멈춰 서서 엉망진창 살 수도 있는 삶이 더 재밌지 않을까? 하기 싫고 안 내키는데 억지로 할 필요가 있을까? 더러는 대충 살 때도 있고, 가끔 망쳐도 되지 않을까?

한 출판사에서 출간 제안이 들어왔지만 자신이 없어 몇 주째 찝찝하게 답을 못 하고 있다. 아마 앞으로도 못할 것 같아 그에 대한 변명을 써본다.

글은 그냥 쓰면 재밌다. 여기에 무언가 말하고 싶은 게 분명할 경우 글에 진정성이 더해져 좋은 글이 된다. 그렇게 한두 번은 쓴다. 하지만 부지런히 매일매일 글을 쓰는 일은 결코 쉬운 일이 아니다. 그래서 출판사와 계약을 한다. 그때부턴 쓰고 싶은 글이 아니라 써야 하는 글이 된다. 당연히 재미는 물론 진정성도 잃어진다. 가장 좋은 건 혼자서 처음부터 끝까지 다 적어놓고 나중에 계약하는 것이 최고일 텐데 혼자선 안 쓰는 게 문제다. 그럼 다시 계약을 먼저 하게 되는 딜레마에 빠져 계약부터 하게 되는데….

집도 사람도 안 보이는 허전한 과수원 입구, 자기 덩치도 겨우 감당할 듯한 작은 개집 앞에 단단히 묶인 그 강아지는 우리가 지나갈 때마다 늘 말없이 우리를 본다. 동생이 간식거리를 챙겨 간 그곳엔 물도 없고 밥도 없었다.
동생이 엎어진 물그릇을 들고 가까운 냇가로 내려갔다. 과수원 앞을 지나는 물이 그리 깨끗할 리 없지만 한참 사과 농사를 하며 밤낮으로 독한 약을 뿌려대는 여름이나 가을이 아닌 게 다행이라고 생각했다. 강아지는 아주 오래, 오랫동안 물을 마셨다. 그리곤 얼마 안 돼 물그릇을 엎었다. 아마 엎지 않았어도 금세 물이 얼었을 날씨다. 내일은 깨끗한 물과 사료를 좀 더 챙겨서 오자고 이야기했다.

클래스101의 사내 방송인 101Mhz에 초대되어 '사랑하는 일을 하며 사는 삶'에 대한 사연을 적고 있다. 나는 내 일을 사랑하는가? 기쁘고, 동시에 공허한 짧은 순간을 위해 대부분의 시간을 일하기 싫어서 징징대고, 일이 주는 부담감에 숨 막혀 하고, 일 때문에 울고, 피곤해하고, 가족들한테 미친 것처럼 화내고, 일이 내 맘처럼 안 돼서 좌절하며 사는 삶은…. 과연 사랑하는 일을 하며 사는 삶일까?

2 월 24 일 | 목 요일

애정하는 키드 작가님과의 통화.

순진하게도 40대가 가까워오면

늙는 게 제일 걱정일 줄 알았다.

명확한 궤적을 그려보려고 서울에 왔다. 원래 약속된 미팅이 있어 왔지만, 원래 내 상태였다면 오늘 내게 주어진 모든 일을 끌려가듯 했을 것이다. 근데 어제 키드 작가님의 말을 듣고 나니 어쩐지 내 앞에 펼쳐진 일들을 끌고 갈 힘이 생겼다. 내가 무언갈 놓치기 전 적절한 시점에 꼭 필요한 이야기를 해주는 사람이 있단 건 얼마나 큰 행운인가 싶다.

어제 나눈 이야기들은 너무나 현실적이어서 두렵기까지 했다. 역시 허공에 뜬 꿈보단 냉엄한 현실 이야기가 훨씬 더 큰 동기부여가 되는 것 같다. 몸을 일으켜 뭐라도 해야 할 것 같은 기분이다.

2 월 26 일 | 토 요일

신정도 구정도 지났지만 아직도 새해 시작은커녕
무심코 휘갈긴 날짜조차 작년에 살고 있다.
진정한 시작은 3월부터 해도 되지 않을까….

2 월 27 일 | 일 요일

한 인간에게 권력이 주어졌고 그는 그 권력을 최악의 방식으로 행사하기로 했다. 누구도, 심지어 그 나라의 국민도 원하지 않는 일을 일개 인간이 하겠다고 나섰을 뿐인데 실제로 그 일이 일어났다.

고작 한 인간이 셀 수 없는 사람을 죽이고 도시와 바다, 산과 들을 처참히 부수는데 모두가 멍하니 서서 바라만 보고 있다. 누구도 그것을 적극적으로 막지 못하고 있다. 잘못된 인간에게 권력이 주어지게 한 대가라기엔 너무나 참혹한 광경이다.

* 2022년 2월 24일 러시아의 군대가 우크라이나를 침공했다.

2 월 28 일 | 월 요일

초저녁 산책길, 무심코 올려다본 하늘. 어떻게 하늘에서 저렇게 큰 덩어리가 불타면서 내려올 수 있지 하고 생각하던 찰나, 동생이 말했다.

“봤어? 별똥별이야!”

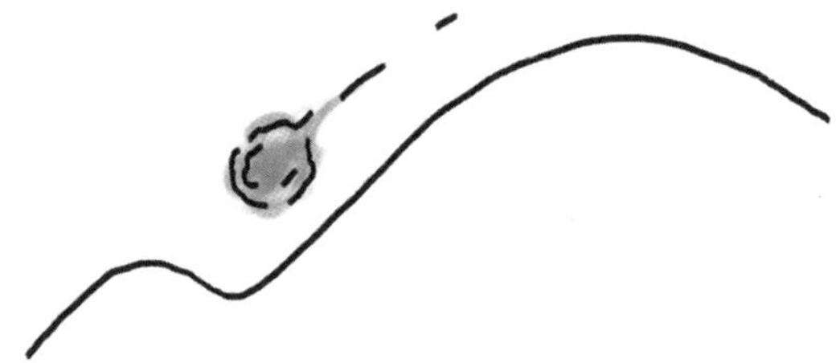

3월

3월의 첫날.

새벽에 비가 왔다.

7시 즈음 일어나려고 했는데

우중충한 하늘에 다시 잠들었다가 깨니 10시.

비가 그치고 사방에 햇살이 가득하다.

나무도, 지붕도, 하늘도, 마당도 내린 비에 한껏 물을 머금고

아침 햇살을 받은 채 반짝반짝 빛나고 있다.

작은 새가 지저귀는 귀여운 소리도 들린다.

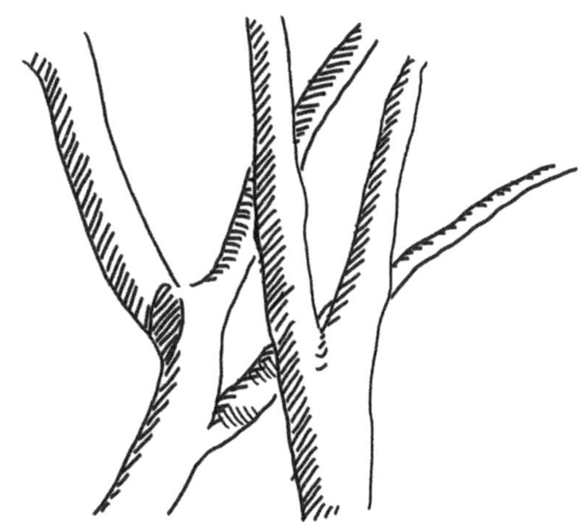

3 월 2 일 | 수 요일

영상 10도.

가만히 마당에 서 있기만 해도

히죽히죽거리게 되는 따뜻한 날씨다.

문을 활짝 열어 집업실 곳곳을 환기하고

혹시나 하는 마음으로 창고를 열었다.

재작년 바짝 말려둔 삼동초를 조심스럽게 뜯고

손으로 부숴 씨를 골라냈다.

바구니에 씨와 흙을 넣고 고루 섞은 다음

텃밭에 고루 뿌리고 물도 흠뻑 주었다.

이미 늦었지만 그래도 혹시나 하고 해보는 거지 뭐.

3 월 3 일 | 목 요일

드.디.어. 그 날이 왔다. 아이패드 두 개, 노트북 두 개, 핸드폰 두 개를 모두 한 책상 위에 올려놓고 경건한 마음으로 인터파크에 접속했다. 내 생에 첫 오프라인 방탄 콘서트 티켓팅이다.
목표는 크지 않다. 탄이들이 콩알처럼 보인다는 하나님석이라도 좋으니 그나마 경쟁률이 낮은 위층으로 가자 싶었다. 그렇게 몇 번의 튕김과 404 에러, 자동 로그아웃 끝에 기적적으로 한 자리를 건졌다! 진짜 기적이다. 내 앞에 25만 명이 있었다. 자리가 좋진 않지만 탄이들의 목소리를 직접 들을 수 있다는 것만으로도 벌써 이렇게 행복하다. 근데 사람 욕심이 끝이 없는 게 건지고 나니 앞자리가 탐난다. 역시 꿈을 크게 가져야 했어!

3 월 4 일 | 금 요일

손소독과 체온 측정을 하고

면허증을 내고 지문 인식을 하고

기표지를 받아 칸의 경계에 닿지 않도록

조심스레, 정확하게 도장을 찍었다.

혹시나 잉크가 번질까 여러 번 흔들어 말리고

고이 접어 투표함에 넣고 왔다.

2022.3.4
20대 대통령선거
사전투표 첫째날

불판에 식용유를 두르고

얇게 썬 버섯을 앞뒤로 굽는다.

한쪽에 양파도 함께 구우며

소금과 후추로 고루 간한 뒤 접시에 담아낸다.

적상추에 미나리, 마늘잎 얹고

잘 구워진 버섯 두 점, 구운 양파 얹고

마늘, 청양고추에 쌈장까지 얹어 먹는다.

고기를 대체하는 맛이 아니라

그냥 버섯쌈 그 자체로 맛있는 저녁상.

3 월 6 일 | 일 요일

도시에 살던 때에 음식물 쓰레기가 많았던 이유를 알게 되었다. 슈퍼에 가기도 쉽지 않고, 배달도 없는 시골 집업실에서 저녁 메뉴를 정할 땐 '오늘 뭐 먹지?'라는 질문 대신 냉장고에 있는 재료들을 떠올리며 '이걸로 뭘 해 먹지?' 하며 메뉴를 정한다.

덕분에 냉장고 안에서 음식을 썩힐 일도, 매 끼니마다 돈을 쓸 일도, 메뉴를 고민하면서 시간을 버릴 일도 없다. 아주 간혹 냉장고에서 상한 음식이 나오긴 하지만 그마저도 미생물 처리기에서 몇 시간만 지나면 고운 흙이 되어 나온다. 어쩌면 '오늘 뭐 먹지?'라는 고민은 무척 사치스러운 고민이었을지도.

3월 7일까지 보내달라고 했을 때 가장 좋은 시각은 언제일까? 오전에 보내면 시간이 넉넉했구나 싶을 것 같고, 자정 직전에 보내자니 미루고 미루다 이제야 보낸 티가 너무 많이 난다. 당일 확인할 수 있으면서도 나름 정성을 다한 것 같은 시간은 오후 5시 정도가 아닐까.

이런 생각이 들면 신기하게도 그 시간에 딱 맞춰 움직이게 된다. 최대한 미룰 수 있을 때까지 빈둥대며 미루다 아슬아슬하게 시작, 기가 막히게 5시 즈음 전송한다.

밤새 잠을 설쳐 눈이 뻑뻑하다.
그게 모레 있을 콘서트 때문이었으면 좋겠지만
내일의 대통령 선거 때문이다.
누가 되든 내 인생은 망하지 않을 것이며
아마도 지금처럼 소소하게 살아갈 수 있을 것이다.
그럼에도 이토록 초조하고 불안한 이유는
대통령이 누가 되느냐에 따라
어쩌면 나였을지도 모르는 누군가가 죽거나 다치는 일이
더 많이, 또는 더 적게 일어날 수도 있으니까.
자꾸 뉴스를 새로고침 하게 된다.

콘서트에 가서 쓸 니콘 망원경이 왔다. 원래 같으면 한번 쓰고 말 저렴한 망원경으로 샀을 텐데 제대로 된 걸 사지 않으면 결국 쓰레기만 된다는 걸 최근에서야 깨달아 좀 비싸도 가볍고 튼튼하고 오래 쓸 친구로 골랐다. 이걸로 내일 탄이들 얼굴도 보고, 다녀와서 별도 보고 달도 보고 나무도 봐야지!

3 월 10 일 | 목 요일

~ 코로나시대의 콘서트 관람 매너 ~

마스크 필수

소리 지르기 안 됨

박수 대신 클래퍼

띄워 앉기

나는 준비가 되어 있었다. 탄이들이 어떤 노래를 불러도 따라 부를 준비. 아무리 재미없는 농담을 던져도 배꼽 잡고 웃을 준비. 탄이들이 내가 있는 객석 주변을 지나갈 때 목이 쉬도록 환호할 준비도. 하지만 그럴 수 없었다. 탄이들에게 내 마음을 전하기 위해 할 수 있는 건 오로지 '클래퍼'라는 응원 도구로 허벅지를 미친 듯이 치는 것 외엔 없었다. 분명 이렇게 직접 볼 수 있고 들을 수 있어 설레고 행복하고 감사했다. 불과 몇 달 전엔 이조차도 불가능했으니까. 하지만 이 아쉬움은 어쩔 수 없다. 〈소우주〉를 듣고도 클래퍼만 쳐야 했으니까. 내 다음엔 꼭 따라 부르리.

2월 말 코로나에 걸렸다가 완치된

며니를 만나러 왔다.

만나기 전, 코로나 완치 후

전염 가능성을 검색해본 건

이 책이 나오기 전까지 비밀이다.

3 월 12 일 | 토 요일

엎드려서 그림을 그리고 있으니
찾아온 귀엽고 소중한 불청객.

산책길에 옆집 할머니와 마주쳤다. 할머니는 4월이 되면 아기 소를 팔 거라며 요즘 새끼 소는 400만 원 정도 한다고 하셨다. 아무것도 모르는 아기 소는 동생이 가면 개구진 발동작으로 폴짝폴짝 다가와 쓰다듬어달라며 머리를 내민다. 동생은 천천히 아기 소의 미간을 쓰다듬어주었다.
뉴스를 보니 간만에 온 단비에 사람이 아무리 애써도 꺼지지 않던 울진 산불이 꺼졌다고 한다. 산불이 크게 번지자 어디든 도망가라고 풀어준 어느 농부의 소들도 제 발로 돌아왔다고 한다. 그들이 집이라고 믿는 곳으로.

배가 고프지도 그렇다고 안 고프지도 않은 밤 10시. 이번 주 금요일에 있을 강연 자료를 엎고 처음부터 새로 만들다가 저녁 먹을 때를 놓쳤다. 그냥 먹지 말고 잘까 하다가 낮에 마트에서 사온 콩나물로 고기 없는 콩불을 만들고, 맥주를 꺼내고, 〈삼시세끼〉 만재도 뒷풀이 편을 틀었다. 차줌마와 참바다 씨가 맥주를 마시며 주고받는 잔잔한 삶의 이야기들, 아삭함을 넘어 오독해진 콩불에 맥주. 딱 좋았다. 남은 양념장에 밥 볶아서 먹은 것까지 완벽했던 야식.

* 양념장 : 고추장, 고춧가루, 설탕, 소주, 간장, 다진 마늘

분명 찌질하고 형편없는 나지만 가끔 성공할 때도 있었다. 그러고 나면 그 성공을 나와 동일시하고 싶은 마음이 든다. 성공한 모습만 진정한 나로 인정하고 싶어진다. 나는 알고 있다. 그건 진짜 내가 아니라는 걸. 성공한 나보다 실패한 내가 훨씬 더 많았으니까. 그래서 공든 탑을 일부러 넘어뜨려본다. 내가 아닌 나를 지키려는 것보다 그냥 나이고 싶어서.

드라마 〈서른아홉〉엔 환불을 하러 온 고객이 직원에게 영수증을 던지며 "니가 찾아!" 하는 장면이 있다. 요즘 세상에도 저런 또라이가 있겠냐 싶겠지만 장사를 하는 엄마 가게에선 그보다 더한 또라이도 종종 만난다.

덕분에 참 힘들었다. 내용 증명, 서면 제출, 조정 협의, 법정 출석을 하며 보낸 9개월 동안 우리 가족의 삶이 얼마나 피폐해졌는지, 큰 돈이지만 그냥 그 돈 안 받고 끝내자고 하고 싶을 정도였다. 그래도 돈 문제를 떠나 그들이 엄마에게 했던 모욕적인 언사를 떠올리면 도저히 참고 있을 수 없어 동생과 피를 말려가며 증거를 수집하고 글을 썼다. 그리고 오늘 그 민사소송의 판결이 났다. 결과는 피고가 원고에게 전액 배상 및 지연 이자 지급, 원고가 소송에 쓴 비용의 5분의 4까지 피고가 지급. 변호사도 쓰지 않고 완전히 승소했다.

엄마 같은 사람에게 한 푼도 줄 수 없다던 그 사람은 원금과 이자에 소송비용까지 물게 되었다. 근데 어쩐지 기쁘지가 않다. 내용 증명을 작성하며 손이 벌벌 떨리고 노여움과 억울함에 잠들지 못하던 날들. 모처럼 가족끼리 맛있는 걸 먹으려 식탁에 모여도 날선 말로 추궁하고 상처 주던 숱한 날들 때문에. 그래도 다행인 건 그 끝날 것 같지 않던 끔찍한 시간에 종지부가 찍혔다는 거다.

어제까진 내가 좋아하는 강 위에 낚싯대를 던진 뒤 무언가 걸려주길, 그 무언가가 나를 더 멋진 강으로 데려다주길 바라며 기다리고 있었다. 가끔 그렇게 걸린 일들이 내가 생각지도 못한 멋진 곳으로 데려다주기도 했다.
강연, 연재 등 올해 해야 할 일들이 하나둘 잡히고 있다. 이것도 그렇게 둥둥 떠다니다 운 좋게 잡은 것들이다. 근데 계속 이렇게 둥둥 떠다니며 어딘가에 걸려들기만을 바라며 살다간 결국 끌려가는 삶을 살게 될 것 같단 생각이 들었다. 손 쓸 수 없는 지경에 이르기 전에 내가 끌고 가야 한다. 좀 힘들고 더디더라도 돛을 펼치고 노를 잡고 나아가야 한다. 여기까지는 확신이 섰다.

그런데 어디로 가야 할지, 그걸 모르겠다.

바깥에서 확신을 얻으면 안 되는데, 이상하게 강연만큼은 바깥에서 확신을 얻게 된다. 마주치는 청중의 눈빛과 끄덕임이 없으면 잘 끝난 강연이라 해도 망친 것처럼 느껴진다. 그렇게 신나게 떠들다 갑자기 혼자가 되면 자괴감에 빠지고, 허전하고, 외롭고, 허무해진다.
오늘 카카오에서 진행한 퍼스널 브랜딩 강연은 줌으로 진행되는 온라인 강연이라 청중들의 얼굴을 볼 수 없었다. 나의 언어가 청중과 소통하고 있는지, 잘하는지 못하는지를 가늠할 수 없는 불안함에 끝나기 전부터 우울해하며 강연을 마쳤는데, 끝나고 핸드폰을 보니 담당자님과 청중으로부터 온 메시지가 가득 쌓여 있다. 여기 끄덕임과 눈빛의 증거가 고스란히 남아 있다. 다행이다. 덕분에 오늘은 자기비관에 빠지지 않고 잠들 수 있겠다.

3 월 19 일 | 토 요일

아침에 눈을 뜨니 눈이 펑펑 온다. 3월도 한참 지난 19일인데 펑펑 내리는 눈이라니. 작년에도 이랬던가? 지금 이렇게 기록을 해두어서 내년엔 정확히 알 수 있겠다.

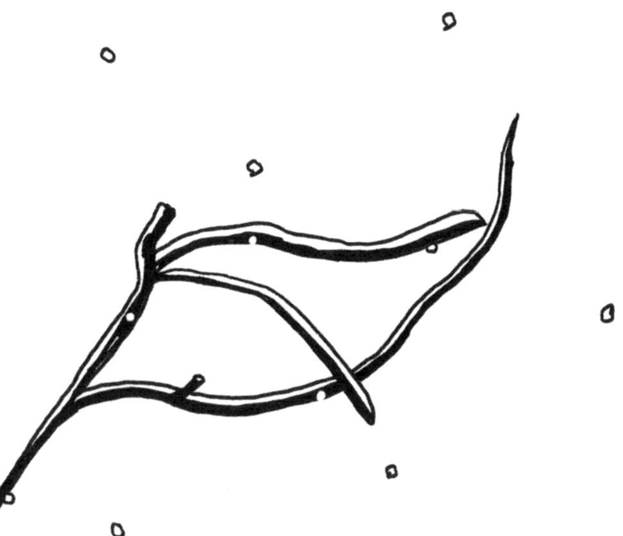

본가에서 늦잠을 자고 엄마한테 아점상을 얻어먹었다. 느타리버섯을 넣은 시금치 된장국, 잡곡밥, 노각 무침, 삼동초 무침, 조미 김, 브로콜리와 초고추장, 달래 무침. 언젠가 이 식탁이 그리워질 것 같아 사진도 찍었다. 반찬은 물론 고봉밥까지 싹싹 비우며 먹고 만족감을 느꼈다. 밥이 맛있어서도 있었지만 가족과 여유로운 주말 아점을 먹는 것처럼 내 인생에서 중요하다고 생각했던 일을 일상처럼 하고 있는 것에 대한 만족이다.

아침을 먹고 커피를 내려 마시며 엄마는 최근 시작한 PT에서 선생님이 단백질 섭취량이 너무 적은 식단이라 걱정했다는 이야기를 했다. 그러면서도 채식을 지향한 후 피부가 맑아진 걸 느낀다고 했다. 동생은 만년 위염이 많이 좋아졌다고 한다. 나 또한 느끼는 바다. 건강한 코끼리 가족이 된 기분이다.

역사적인 날이다. 내 손과 발로 한 시간 반 거리의 영덕 바다를 왕복했다. 만약 내가 계속 서울에 살았다면 운전의 필요성을 느꼈을까? 느꼈다 해도 이렇게 운전이 늘었을까? 소망이 하나 생겼다. 올해 안에 혼자 제주도 렌터카 여행을 하는 것!

넌 네가 생각하는 것보다 훨씬 크고 많은 걸 감당할 수 있는 사람이야. 그걸 모른 채 세상이 안전하다고 말하는 대로, 또는 타인에게 네 선택을 맡기면 마음은 편하겠지. 망해도 안전할 거고 망해도 탓할 사람이 있으니까.

그렇지만 네가 탓할 사람도 없는 불안한 선택을 한다면 넌 망하지 않게 하기 위해 뭔갈 할 거야. 스스로 네 인생을 책임질 거야. 그리고 그 책임은 네 가능성을 더 크게 만들고 결국 더 멋진 사람이 되게 해줄 거야. 무섭고 어렵겠지만 우리 감당해보자. 네가 감당하겠다고 한 순간 넌 이미 감당할 수 있는 사람이 될 거야.

논현동의 한 스튜디오 앞에 도착해 서성이고 있다. 입구 바로 앞에서 담배를 피우고 있는 남자 셋을 뚫고 지나갈 용기가 선뜻 나질 않기 때문이다. '오늘 촬영해주실 스태프 분들 같은데….' '오늘 이게 내 촬영 운세인가….' '내 행색이 출연자처럼 보이진 않나 보다….'

몇 가지 생각이 스치며 어렵게 뚫고 내려온 스튜디오. 어색하고 어려운 분위기에 잠시 멀뚱멀뚱 서 있었다. 잠시 후 이름으로만 알던 피디님께서 인사를 건네신다. 오늘의 일터, 조금 어렵지만 어쨌든 잘해보자.

코로나 백신 3차를 맞고 동생과 마루와 할머니 집에 왔다. 마침 할머니도 아침식사 전이라 양푼에 한가득 담은 쌀밥에 참기름, 콩나물 무침, 무생채를 넣고 싹싹 비벼 김치콩나물국과 배 터지게 먹었다. 그런데 그게 다 소화되기도 전에 할머니는 삼동초를 넣고 국수를 끓여 오셨다. 아침에 따뜻한 거 못 먹였다고 이걸 꼭 먹고 가야 한대서 또 한 그릇 야무지게 먹고 나니 "됐다 이제 누워 자"라고 하신다. 한 시간 정도 누워서 빈둥댄다.

할머니는 서른이 한참 넘은 손녀가 이렇게 멍청이처럼 누워 있어도 좋은 것 같다. 매번 올해는 시집가라고 하면서도 "시집가면 할매집 못 오지?" 묻는다. 사실 지난 토요일부터 월, 화, 그리고 오늘까지 짬짬이 할머니 집에 왔었다. 맞다. 결혼을 했다면, 아직도 서울에서 직장을 다니고 있었다면, 이렇게 자주 할머니 집에서 빈둥대며 응석부리지도 못 했을 테지. 어딘가의 평행세계에서 지금과 다른 선택을 했던 또 다른 내 모습들이 떠오른다. 거기서도 난 분명 그렇게 선택한 삶의 장단을 느끼며 살아가겠지? 지금 이 생에선 여든여덟 우리 권옥출 할머니의 봄날을 자주 볼 수 있는 나로 산다.

한 50년 뒤쯤엔 결혼하지 않은 걸, 시골에 내려온 걸 후회할지도 모르겠다. 그때, 오늘 이 빈둥거림을 기억해야겠다. 양푼이 비빔밥과 국수, 할머니의 부드럽고 포근한 이불에서 나는 피존 냄새와 뜨끈한 전기장판. 그리고 "이제 누워 자"도.

됐다 이제 누워 자

3 월 25 일 | 금 요일

오랜만에 인스타에 광고 만화를 올린다. 떨린다. 한 6개월은 넘은 것 같다. 광고도 그렇고 책도 그렇고 판매를 한다는 건 참 어려운 일이다. 나 자신을 소비하고 소모시키며 마음과 에너지를 닳게 하는 것 같다.

올렸을 때 반응이 더 좋으면 그나마 다행. 반응이 좋지 않거나 좋아요, 댓글, 비행기 등이 적게 나오면 나를 믿고 일을 준 클라이언트한테 면목이 없을 뿐만 아니라 '나는 이제 이 일에 소질이 없는 건가 봐' 하며 오랜 시간 펜을 놓게 되기도 한다.

그럴수록 광고와 나를 분리시킬 수 있어야 한다. 광고를 망친 나와 내 본체를 분리시키고 '돈을 벌어야 창작도 하지!' 하면서 합리화할 수 있어야 한다. 머리로는 잘 안다. 하지만 만약 오늘 광고가 망하면 아마 한동안 또 끝없는 자조와 자괴감에 빠져 살 테지.

주말을 주말답게 보내는 3단계

1. 해야 할 일들과 걱정은 잠시 넣어두고
일어나고 싶을 때 일어난다.
2. 디카페인 커피를 한 잔 내려서
약속도 일정도 없는 말랑한 마음으로 귀여운 봄 냄새를 맡는다.
3. 환한 낮에 다시 침대로 가는 아늑한 사치를 부린다.

오늘은 주말이니까 그래도 된다.

"내가 좋다고 느끼는 콘텐츠는 화자의 마음이 느껴지는 콘텐츠다. 작품을 만들 때 작가의 마음이 작품에 드러나는 콘텐츠. 재밌는 일을 쓸 땐 내가 재밌어야 하고, 속상한 일을 쓸 땐 내 마음이 속상해 있어야 한다. 지나치게 남을 의식해서 멋진 결말에 집착하거나 디테일과 의미에 신경 쓴 작품은 티가 나기 마련이다. 콘텐츠도 사람 같아서 있어 보이려 덧대는 것보다 있는 그대로 솔직할 때 그 콘텐츠만의 매력이 빛나는 것 같다."

내일 일간지 〈메트로〉와 진행할 인터뷰의 사전 질문지 속 '좋은 콘텐츠란 무엇이라 생각하는가?'에 대한 답. 물론 이렇게 적어도 실제로 가면 다 까먹고 엉뚱한 대답을 하게 될 것이다.

3 월 28 일 | 월 요일

홍보를 맡기고 최고의 퍼포먼스를 내게 하는 방법, 창작자를 구워삶는 가장 좋은 방법은 믿음을 보여주는 거예요. 스토리와 기획에 대한 자유도와 믿음을 주고 제품을 잘 녹여달라고 하면 작가는 엄청난 부담감을 안고 머리를 쥐어짜요. 망치면 내 탓이니까. 근데 주제랑 내용 다 주고 “이렇게 그려주세요, 이거 이거 빼고 이렇게 수정해주세요” 하는 일에 작가는 애정을 쏟지 않아요. 그렇게 해서 망해도 하란 대로 했고 내 책임 아니니까.

홍보를 맡겨주시는 분들께 이렇게 말하는 상상을 했었다. 지난번 한 미팅에서 처음으로 이 말을 실제로 꺼내봤고, 방금 전 그렇게 진행하자는 메일이 왔다. 근데 막상 받고 보니 어깨와 마음이 너무 무겁다. 맙소사, 내가 무슨 말을 뱉은 것인가! 앞으로 얼마나 잘해내야 하는 거지? 그냥 적당히 맞춰서 하겠다고 할 걸!

오늘은 내가 너무 조그맣게 느껴지는 날이다. 아니 실제로 조그맣다. 그런데도 이런저런 일을 잔뜩 벌려놓고 이걸 감당할 수 없을 것 같아 막막해하고 있던 차에 독자님이 이런 댓글을 써주셨다.

예전에 남준이가 지민이에게 이런 말을 했어요.
"좀 더 스스로를 믿고 확신을 가졌으면."
아, 어쩌면 나 스스로에게 해주고 싶은 말인지도 몰라.
귀찮 님의 그림을 보고 어떤 마음을 놓고 갈까 고민하다가
같은 아미로서 준이의 말을 인용해보아요.
귀찮 님도 저도 파이팅!

서울 출장을 마치고 집업실에 왔다. 문을 열자마자 했던 일을 기록하면 다음과 같다.

가방을 풀기도 전에 마당을 쓸고 음식물 처리기 속 흙을 퍼다가 텃밭 흙을 섞어 뿌린다. 밥을 안치고 냉장고 속 자투리 야채들, 양배추, 당근, 애호박, 양파를 꺼내 썰고 기름에 볶는다. 물을 붓고 끓어오르면 짜장가루를 넣고 잘 섞은 다음 밥에 얹어 김치랑 먹는다. 큰 박스에 쌓아두었던 재활용 쓰레기들을 꺼내 분리하고 양손에 들고 나간다. 나간 김에 동생과 마루와 마을 한 바퀴를 돌고 온다. 크게 한 바퀴 돌면 5,000보 정도 된다.

지난 며칠간 지하철을 타고, 버스를 타고, 인파에 치이고, 사람을 만나고, 떠들고, 뒤척였다. 그리고 돌아와 이렇게 안쪽의 일을 하고 나면 밖에서 잔뜩 움츠러든 마음에 숨통이 트이는 것 같다.

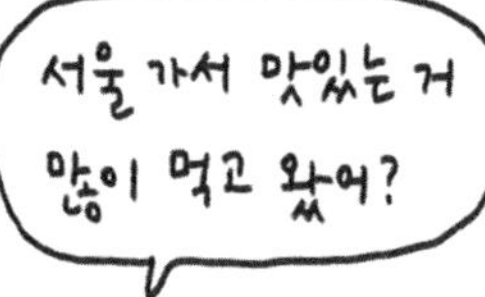

아니

밖에서 사먹는 거보다
별거 아니어도 이렇게 집에서 해먹는 게
훨씬 든든하고 맛있드라

퇴사 후 5년. 매일 같이 지지고 볶고 싸우던 회사원 시절이 미화된 건 아니지만, 요즘은 좋은 동료가 있는 사람들이 참 부럽다. 열심히 사는 동료가 주는 자극과 부지런함. 옆에 있으면 괜히 나도 무언가 도전하고 시도해보게 되는 에너지. 혼자서는, 그런 사람이 주변에 있어도 계속 만날 이유가 없으니까.

4월

4 월 1 일 | 금 요일

고민되는 일이 있는데 물어볼 데가 없다.

혼자 결정하고 혼자 감당하는 게 무섭고 외롭다.

기회가 오면 꼭 다 잡아야 할까.

그냥 안 하면 안 될까.

어제 올린 게시물에 악플이 달렸다. 100개의 댓글 중에 고작 하나인데도 잠시 심장이 내려앉는 것 같았다. 그 사람은 가계정을 파서 댓글을 달았고, 그 댓글을 쓰고 난 후 나를 차단한 것 같았다. 그 댓글을 보고 짐을 싸다가 다시 보고, 잠시 가족들과 이야기를 하다가도 또 봤다. 그리고 삭제했다.
악플엔 무시가 답이고 삭제도 대응이라 생각해서 지금껏 방치했지만 이번엔 무시하기가 너무 힘들었다. 삭제하지 않으면 그 말들에 휘말려 아무것도 쓰지 못하고 아무것도 그리지 못할 것 같았다. 그래서 삭제했다. 내가 나를 지키기 위해.

밤새 소 우는 소리에 아침이 되자마자 우사를 다녀온 동생이 울상이 되어 돌아왔다. 지난 겨울 추위에 어렵사리 태어난 아기 소가 팔려간 것이다. 동생이 다가가면 깡총깡총 뛰어오던 아기 소였다. 우사에 가보니 어미 소의 얼굴엔 지금도 눈물 자국이 가득하다. 마침 지나가던 마을 할머니께서 원래 하루이틀은 저렇게 운다고, 지금 또 새끼를 배고 있다고 했다.

시골에 사는 슬픔 중 하나는 소의 참담한 생애를 이토록 가까이서 본다는 것이다. 그 생에는 어디서 태어난 소든 똑같은 운명이다. 어차피 팔려 갈 아기 소의 운명, 인공수정으로 평생에 걸쳐 출산과 임신을 반복하는 어미 소의 운명. 소로 태어나 이 운명을 피해갈 확률은 제로에 가깝다.

그런 운명의 소들은 평생 유전자 조작된 옥수수로 만든 사료를 먹고 좁은 우리에서 비정상적으로 빠르게 자란다. 적당한 운동도 유대도 없이 우리 안에 갇혀 끝없는 헤어짐을 반복하며 자란 소의 정서와 면역력이 좋을 리가 없다. 덕분에 유전자 조작된 옥수수는 면역될 여지도 없이 소의 뼈와 살로 고스란히 흡수되어 암을 유발하겠지만, 그 암세포가 미처 발견되기도 전에 도축되어 살코기 또는 우유의 형태로 사람의 입으로 들어간다.

산 좋고 물 맑은 시골에 사는 내가 채식을 지향한다고 하면 사람들은 자연스러운 수순으로 생각한다. 하지만 막상 시골에 살아보면 환경이 좋아서 채식을 시작하지 않는다. 이렇게 자식을 뺏기고 엄마를 뺏긴 채 싸구려 밥을 먹는 소의 육신으로 만든 고기가 내 몸에 들어가 어떤 영향을 미칠지 불 보듯 뻔해 채식을 하게 되는 것이다.

4 월 5 일 | 화 요일

집업실에 등유 기름을 넣었다.
벚꽃이 만개하기 직전인 걸 보니
아마 이 기름으로 늦가을까지 날 듯하다.

분뇨 수거차 선생님께서 오셨다.

상하수 시설이 닿지 않는 시골은 1년에 한 번씩 똥을 퍼주어야 한다. 창조주인 나는 정작 1년 동안 만들어낸 자연을 마주할 용기가 없어 멀찍이 서 있는데 다부진 표정의 선생님께선 당당히 그 자연으로 다가가 정화조 뚜껑을 열고 엄청난 파워의 진공 흡입기를 들이대셨고, 이내 일말의 똥물도 허용치 않고 깔끔하게 업무를 마치셨다. 심지어 그의 손, 옷, 다리, 마당 어느 곳에도 똥이 묻지 않고 깨끗했다. 선생님은 흡입기 주변을 가볍게 물로 씻어낸 뒤 계좌를 남기고 쿨하게 가셨다. 1년에 한 번은 꼭 모셔야 할 너무나 소중한 분인데, 선생님의 절도 있는 동작에 감탄하느라 음료수 한 잔도 못 건넸다. 아, 이런 실수를! 너무 죄송하고 창피하다!

예전엔 TV나 핸드폰이 바보상자처럼 느껴졌는데 요즘은 켰다 하면 유익한 이야기들이 쏟아져 나오는 것 같다. 바야흐로 양질의 콘텐츠 시대. 문제는 그 양질의 콘텐츠를 하루 종일 보기만 하느라 정작 현실의 나는 아무것도 안 하고 있다는 것. 똑똑상자를 바보상자처럼 활용하고 있는 나였다.

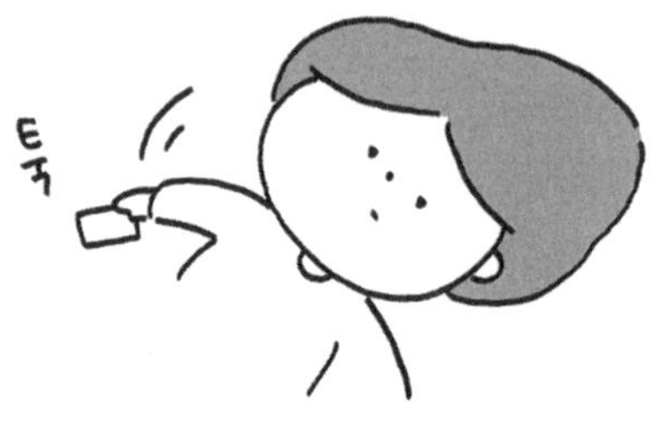
툭

적게 보고,
충분히 곱씹자

나를, 내 것을 생각하는 시간을 충분히 보내야겠다
내 일상을 타인으로 채우지 말아야지

"문경은 진짜 4월만 바라보고 사는 동네야. 봐봐, 이렇게 벚나무가 많은 동네가 어디 있어. 사방이 벚꽃이야." 동생이 말했다.
영신숲, 금천, 모전천, 이목들…. 자주 가는 산책로마다 벚꽃이 만개했다. 아마 오늘부터 하루이틀 흐드러지게 피었다가 비 소식에 두 번 볼 새도 없이 지겠지. 그러니까 사진보다 눈에 많이 담아야 하는데, 아쉬워서 자꾸 사진으로 담게 된다.

집에 돌아와 보니 실내 온도가 19도다.
순간 보일러를 안 끄고 나갔나 하고 의심했다.

4 월 9 일 | 토 요일

내 지점토 인센스 홀더가 영 탐탁지 않았던 동생이
새로운 인센스 홀더를 만들었다.
아주 간단하고 멋지다.

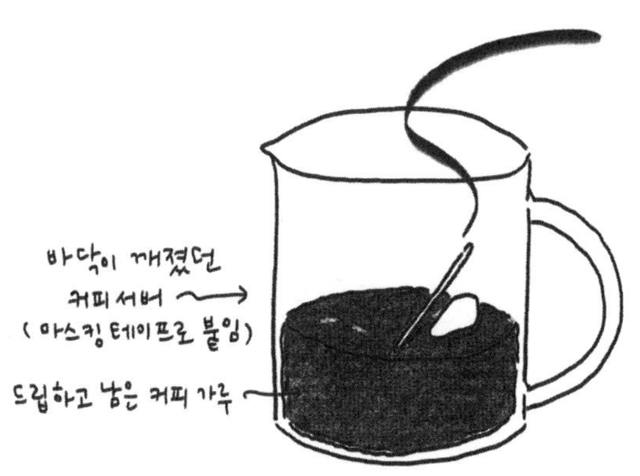

엄마와 제주 무 4개로 깍두기를 담갔다.

내가 알던 깍두기는 담가놓고

사나흘 숙성시킨 후 먹어도 알싸한 맛이었는데

4월의 제주 무는 그냥 먹어도 달아서

담그자마자 계속 집어 먹게 된다.

4 월 11 일 | 월 요일

콘서트 때 썼던 망원경을 꺼내 달을 봤다.

달을 보기 전 어쩐지 조금 겁이 났었는데

보고 있는 순간도 좀 무서웠다.

막상 보면 별 거 없는데도.

늘 보던 걸 크게 본다는 건 조금 겁나는 일인가 보다.

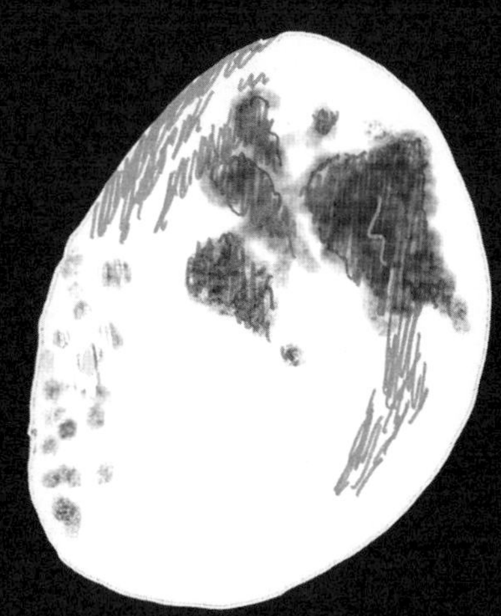

너 최근에 너무 무리했어.

오늘 하루라도 그냥 좀 쉬어야 해.

머리가 아니라 몸이 말하고 있다.

나는 그냥 좀 쉬어야해..

4 월 13 일 | 수 요일

언젠가 '죽음' 하면 무슨 색이 떠오르냐는 질문에
나는 검은색을 떠올렸는데 아빠는 갈색이라고 했다.

"나무가 처음부터 갈색인 건 아냐. 살아 있는 나무를 베어보면 흰색이 나오거든. 죽어가면서 서서히 갈색이 되는 거지. 사과도 마찬가지야. 금방 쪼갰을 땐 흰색인데 죽어갈수록 갈색으로 변하지. 그걸 갈변이라고 하고…."

지난주만 해도 우중충한 갈색이던 앞산에
조금씩 연둣빛이 감돌고 있다.

아침으로 바나나 팬케이크를 해 먹었다.
우유 대신 바나나를 으깬 뒤 계란 하나를 풀고
팬케이크 가루를 부어 농도를 맞춘다.
인덕션 온도 4에 비건 버터를 녹이고 구워낸다.

물이나 우유를 넣어도 퍽퍽했는데
바나나를 넣었더니 물 한 방울 넣지 않아도
아주 촉촉하고 부드러운 팬케이크가 되었다.
이 맛있는 걸 이제야 알게 되다니 조금 억울하다.
Jack Johnson의 노래 〈Banana Pancakes〉를
이제야 제대로 감상할 수 있을 것 같은 느낌이다.

오늘은 인터뷰 형식의 촬영이 있는 날이다. 준비가 안 된 것 같은 불안함에 운세를 봤는데 점신 앱은 만사형통, 네이버 운세는 대략난감이다. 출발하기 직전에 생리가 터졌고, 덕분에 아무리 분칠을 해도 얼굴엔 잿빛이 돌았으며, 구르프로 말아둔 앞머리가 긴장 탓에 계속해서 힘없이 얼굴에 붙고 말았다. 영상이 어떻게 촬영됐을지는 편집본이 나와야 알겠지만 아무래도 네이버 운세가 좀 더 신통한 것 같다.

4 월 16 일 | 토 요일

명절마다 조상을 모시는 나라에서 이제 좀 그만하라는 사람들의 마음을 도무지 이해할 수 없다. 고작 8년 전의 일이다.

여전히 기억하고 있습니다
앞으로도 기억하겠습니다
2014. 4. 16 세월호참사

어제 부산에서 미팅 겸 저녁 식사 자리가 있어 와인 각 1병을 하고 패전병이 되어 일어나 체크아웃을 했다. 웬만하면 렌즈를 꼈을 테지만, 내 안구는 이틀간의 촬영과 만남으로 건조할 대로 건조해져 렌즈를 허락하지 않았다. 하는 수 없이 안경을 끼고 돌아가기 전 해운대 벤치에 앉아 해변을 바라보았는데 안경 쓰길 잘했다고 생각했다. 오늘 부산의 볕은 무척 강하고 따가웠으나, 내 안경은 햇볕을 쬐면 선글라스가 되는 무적의 변색 안경이었다. 훗!

예전에는 벚꽃이 지는 게 그렇게 서운했는데 이제는 벚꽃이 져도 아쉽지 않다. 벚꽃이 완전히 져서 길가에 떨어진 꽃잎도 없을 즈음엔 그와 꼭 닮은 사과꽃이 피기 때문이다.

나는 사과 꽃 피는 동네에 살고 있다(라고 적을 수 있어서 몹시 기쁘다). 빨간 봉우리로 시작해 조금씩 열어지는 사과 꽃은 만개할 때가 되면 보얗게 다섯 잎을 쭉 피어낸다. 이제 갓 만개한 사과 꽃은 지금부터 5월 초까지 마을을 하얗게 물들일 것이다. 당분간 코를 대고 맡아야 은은하게 나는 귀여운 사과 꽃 향을 맡는 산책 시간이 이어질 예정이다.

동생이 혼자 파리에 갔다.

혼자 가는 첫 해외 여행이라 조금 걱정이 되지만

그런 시간도 필요할 것 같다는 생각이 든다.

마을 어귀, 개울 벽에 뿌리를 내려 아슬아슬하게 버티고 있는 가엾은 나무가 있다. 벽에 붙어 자라는 것도 서러운데, 사람이 드나드는 길목에서 여기저기 다친 나무라 가지도 줄기도 성한 곳이 없었다. 곧 죽을 것처럼 지저분하고 처량해 보였지만 딱히 존재감도 없어서 베는 이 하나 없었다. 덕분에 앙상한 모습으로 방치된 채 겨울을 난 나무.

오늘 보니 그 가냘픈 나뭇가지에서 달달한 향을 뽐내며 보라색 꽃이 흐드러지게 피었다. 라일락이다. 조그맣고 귀여운 꽃이 얼마나 복스럽게 피었고 또 향은 얼마나 진한지! 근처에만 가도 어디서 나는 향인지 주변을 둘러보게 된다. 곧 죽겠거니 무시하며 지나친 나에게 아주 보란 듯이 뽐을 내는 것 같다.

봤지? 내 계절이 왔다고!

끊임없이 실망시킬 용기를 가져야겠다고 생각했다. 누군가에게 알고 보니 별로고, 가벼워 보이고, 재미없고, 시시한 사람이 되더라도, 그래도 나만큼은 나에게 끊임없는 기회를 줘야지. 괜찮아. 재미없어도. 일관성 없어도. 어느 한 분야에 꼽히는 사람이 되지 않더라도 괜찮아.

귀찮의 처음은 2015년 가을이었다. 당시의 나는 네이버 포스트에 '뉴욕 여행기'를 연재했는데 회사를 다니고 있어 늘 퇴근 후 그림을 그리고 글을 썼다. 늦은 밤 동네 카페에서 커피를 마시며 대학생 때부터 쓴 느려터진 노트북과 손바닥만 한 와콤 타블렛, 포토샵으로 지난 뉴욕 일기를 쓰던 날들.
지금 떠올려보면 참 여러모로 열악했지만 정작 그때의 난 떨리고, 설레고, 신났다. 세상 어딘가에 내 이야기를 보여줄 수 있어서. 그렇게 퇴근 후 카페가 문을 닫는 12시까지 그리고 쓰다 너무 집중한 나머지 집에 가서도 새벽 2~3시까지 작업을 했고, 누우면 부족한 부분이 떠올라 잠이 안 왔다. 다음 날 몇 시간 못 잔 채 출근하면서 무리한 걸 후회했지만 결국 또 퇴근 후 집 앞 카페에서 들뜬 마음으로 그리고 쓰고 있었다.
7년이 지난 지금, 이제는 그때보다 훨씬 수월하게 쓰고 그리며 그때보다 더 많은 독자에게 내 이야기를 전하며 산다. 그런데 이 일에 인이 박인 나는 그때처럼 떨리거나 설레지 않는다. 어느새 해야만 하는 일이 돼버린 것이다. 물론 그림과 글에 대한 의무로 가득 찬 지금의 일상이 모든 걸 막 시작한 그때처럼 설렐 순 없을 것이다. 그래도 가끔 그때의 떨림이 그립다. 오랜 시간 해야 하는 일에서 떨림과 기대를 가질 수는 없는 걸까?

4 월 23 일 | 토 요일

요즘은 눈뜨자마자 아쉬운 마음으로 동네를 걷는다. 하루가 다르게 꽃이 피고 지는 때라 걷다 보면 매일 다른 꽃이 보이기 때문이다.

오늘은 따끔한 가시를 가진 나뭇가지에 삐죽삐죽하고 거친 잎사귀, 연분홍 꽃잎에 복실한 수술이 달린 나무를 발견했다. 이 자리를 처음 지나갔다면 무슨 꽃인지 모른 채 지나쳤겠지만 나는 벌써 몇 해째 이 자리에서 작고 빨간 열매가 조롱조롱 달리는 걸 봤다. 이건 아마도 산딸기꽃이다.

툇마루를 닦으면 빨간 걸레가 송화가루로 금세 노랗게 변한다. 반짝반짝하게 닦아놔도 돌아서면 금세 노란 가루가 가라앉는 계절. 귀찮다고 안 닦으면 바지에 노란 자국이 남으니 부지런히 닦아줘야 한다.

마을 산책길에 50대 후반으로 보이는 어른들의 대화를 엿들었다. 돈에 관한 이야기였다. 예전엔 어른들이 돈 이야기하는 게 자랑처럼 들리거나 상스럽다고 생각했는데 오늘은 어떻게 그렇게 오랜 시간 일하며 돈을 버셨을까 싶다. 어떻게 그렇게 자식들을 키워내고 살림을 꾸리셨을까. 어떻게 그러고도 그들의 부모까지 건사하고 살고 계신 걸까. 수입이 매달 롤러코스터를 타는 6년 차 프리랜서에겐 그들의 일상적 대화가 너무나 대단하다.

4 월 26 일 | 화 요일

뉴욕으로 가서 매일매일 그날의 뉴욕 일기를 보내주는 메일링 서비스를 하면 어떨까? '독자도 같이 여행하는 기분도 들고 좋지 않을까?' 하는 생각이 들었다. 그러다 '왜 꼭 어디를 가야 한다고 생각한 거지?' 싶었다. 그냥 여기 이 자리에서 해도 될 텐데 무슨 차이였을까.

4 월 27 일 | 수 요일

코로나가 끝나긴 했나 보다. 2019년에 갔던 런던 여행 포스팅에 조회 수가 갑자기 올랐다. 몇 편 쓰다 만 여행기인데…. 지금 보니 글도 전개도 별로다. 근데 그런 건 별로 후회가 안 되고 꾸준히 안 한 것만 후회된다. 지금이라도 쓰려고 보니 그 별로인 글만큼의 기억도 남아 있지 않다.

그냥 써둘 걸..

두서없고 형편없고 의미없고

대중없고 창피하고 엉망이고

완벽하지 않더라도

그냥 쓸 걸..

국물을 내고 남은 다시마는 한번 헹궈서 국수처럼 얇게 썬 다음 초고추장을 얹어 먹으면 오독오독 하니 반찬으로 잘 넘어간다는 할머니의 말을 따라 직접 해보니 새콤한 맛에 식감이 요물이다. 간단한 술안주로도 좋을 듯하다. 역시, 할머니 말 들어서 손해 볼 거 하나도 없다.

여기에 통깨와 얇게 썬 청양고추를 얹어 먹으면 더 맛있다.

그림과 글은 내게 있어 그냥 친구다. 그림과 글로 돈을 벌며 살고 있지만, 벌지 않는 순간에도 만나고 같이 울고 웃고 떠드는 제일 친한 친구다.
근데 이 친구로 뭘 만들고, 그걸로 반드시 먹고 살아야 한다고 생각하니 그 친구를 만나기가 싫어진다. 예전엔 펜을 들고 그리는 순간부터 즐겁고 후련했는데 요즘은 좀 부담스럽고 답답해진 것 같다. 이 친구와 더 오래 지내기 위한 중요한 사실을 잠시 잊고 있었던 것 같다.
그 친구에게 다시금 말해줘야지.

할머니 집에 들렀다 여린 상추를 한아름 얻어왔다. 오래전 할머니한테 배운 대로 쌈장을 만든다. 집된장 한 숟갈에 버섯 감치미 조금, 참기름 쪼륵, 깨소금 솔솔, 물엿이나 올리고당 반 스푼이면 끝! 상추 두어 겹에 쌀밥 한 숟갈 얹고 여기에 할머니표 쌈장을 쿡 얹어 싸 먹는다. 다른 반찬도 없는데 충분히 행복해졌다.

5월

5 월 1 일 | 일 요일

나는 분명 내 인생의 둘도 없을 빛나는 시기를 지나고 있다. 완벽히 갖추지 못했지만 오늘만큼 갖추어진 날도 없겠지. 그러니 조금 귀찮더라도 흘려보내지 말자. 뭔갈 하자. 그렇게 5월을 시작하자.

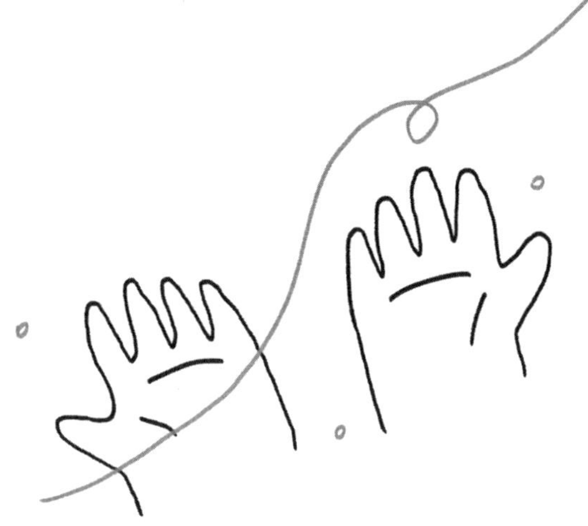

동생이 파리 여행을 다녀온 열흘간 혼자 지내고, 혼자 걷고, 혼자 사색하며 나도 모르는 사이 오랜 시간 마음의 구석에 있던 지저분한 먼지들을 조금씩 치워간 것 같다. 의무적으로 뭘 해야 할 필요가 없는 곳에서 혼자 쉴 때, 마음속 청소의 기능이 최대치로 발현되는 건가?
혼자 푹 자고 일어나 멍하니 아침 바람을 맞는 시간, 조그맣게 차려 맛있게 먹고 가벼운 설거지를 하던 시간. 좋았다. 행복하기 위해선 자신이 뭘 할 때 행복한지 알아야 한다던데 지난 열흘을 통해 하나 찾은 것 같다. 종종 나에게 이런 시간을 선물해줘야지.

5월 30일부터 3박 4일간 혼자 제주도 렌터카 여행을 하기로 계획했다. 렌터카도, 숙소도, 비행기 예매도 끝났다. 두렵고 떨린다. 목표로 적어두고도 이렇게 빨리 실행에 옮길 줄은 몰랐다. 문경 근교로만 운전하던 내게 제주에서 차를 빌려 혼자 돌아다닌다는 건 엄청난 도전이다.
갑자기 이렇게 밀어붙이게 된 이유는 어제 혼자 있는 시간이 내게 필요하다는 걸 느껴서도 있지만, 며칠 전 유튜버 알간지 님이 "무서우면 해야 한다는 일이다"라고 말한 걸 본 게 아주 큰 동기가 됐다. 혼자 운전해서 제주도를 돌아다니는 일, 나로선 무서운 일이다. 그치만 그니까 해보자!

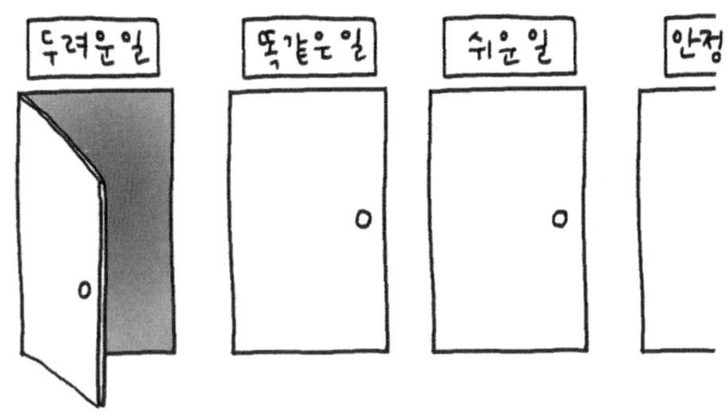

요즘은 책 읽는 게 새삼 좋다. 아무리 멋지고 닮고 싶은 사람이라도 직접 만난다고 상상하면 나에게 실망할 것을 신경 쓰느라 상대가 하는 말에 몰입하지 못할 것이다. 너무 긴장한 나머지 이상한 말들만 늘어놓고 돌아와 두서없이 떠들어댄 것에 대해 후회할지도 모른다.

책을 읽으면 이런 피곤한 과정 없이 바로 진솔한 이야기를 들을 수 있어 좋다. 화자의 문장에 온전히 집중할 수 있고, 닮고 싶은 멋진 부분을 발견하면 밑줄을 긋고 다시 보면서 마음껏 닮을 수 있다. 좀 전에도 마음에 꼭 드는 문장을 천천히, 몇 번이고 다시 읽었다.

“해야 되니까”라는 말은 하지 않기로 했다.

5 월 6 일 | 금 요일

* 오늘의 미션 *

혼자 문경 읍내까지 운전해서 동화책 사 오기

매번 운전해서 다니는 길 외엔 엄마와 동생의 불같은 감독 아래 영덕과 여주 한 번씩 다녀온 게 전부인 내게 이건 엄청난 용기가 필요한 미션이다. 나 혼자서는 처음 가는, 그것도 무려 왕복 2시간을 운전해서 다녀오는 대장정. 히지만 걱정했던 거에 비해 미션은 싱거울 만큼 안정적으로 끝났고, 무탈히 돌아온 내 손엔 귀엽고 멋진 네 권의 동화책이 생겼다.

반달책방 (1층이다)
문경에 하나밖에 없는 그림책방
그래서 더 감사하고 애틋하다
이 글이 책으로 나와 누군가에게
읽히고 있을 때에도 있어주기를..

5 월 7 일 | 토 요일

올해 첫 모종을 심었다. 나름 5년 차라고 올해는 밭 구획을 아주 야심차게 나눴다. 키 큰 작물은 가장자리로, 작은 작물은 그 앞으로 줄 세워서. 고랑을 깊게 파 그 옆으로 두둑을 올리고 다 컸을 때의 크기와 나의 동선을 가늠하며 넉넉한 간격으로 심는다. 지나고 보면 별 거 아닌데도 5년 차가 되어야만 깨달을 수 있는 텃밭 농사 요령.
샐러리, 상추, 토마토, 대추 방울토마토, 청양고추, 미인고추, 풋고추, 오이, 가지, 애호박. 자급자족의 날이 머지않았다!

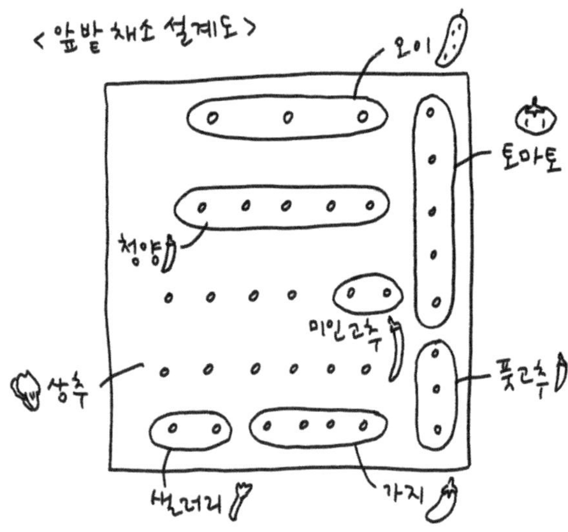

최근에 가장 많이 한 생각

문득, 그 고민에 답을 줄 수 있는
멋진 질문을 하나 생각해냈다.

그중 빼앗기면
가장 아프고 힘들것 같은건?

그건 돈도, 인기도 아니었다.

돈이 없을 때도, 지금보다 더 무명이었을 때도,
내 업에, 그런 내 삶에 만족할 수 있었던 건
그래도, 내 목소리를 내며 살고 있었기 때문이다.

표현하는 일을 하며 가장 화가 날 때도
내 목소리를 위협받을 때였다.

발 맞추고 싶지 않은
상황, 사람과 적당히
맞추라는 강요들
내키지 않는데도
눈치보며 마음에도
없는 소릴 지어내는 일
싫어

과거에 그랬듯 앞으로도

내 목소리를 지키며 살아야지

그게 내게 제일 중요해

내 목소리를 잃지 않는 것

5 월 9 일 | 월 요일

앞머리 숱을 더 내고 짧게 잘랐는데 맘에 든다. 진작 이렇게 자를 걸! 오른쪽 옆머리가 텅텅 비어 보였는데 이제는 자연스럽게 감싸줘서 좋다.

2년 넘게 안정적인 수익을 가져다주었던 주 온라인 클래스 플랫폼이 월 결제 멤버십 형태로 바뀔 수도 있단 소식을 듣고 갑자기 불안해졌다. 주 수입원 하나가 휘청이니 나도 같이 휘청인다. 앞으로 뭘 해 먹고 살아야지? 고민하다가 좋은 아이디어가 떠올라서 이모티콘을 만들고 있다. 돌이켜보면 진작 만들 수 있었던 건데 아이러니하게도 벌이가 안정적일 땐 생각나지 않았다. 역시 최고의 영감은 절박한 마음으로부터 오는 것인가?

(자존감 지킴이 귀찮티콘 ver.1)

어제 엔진 점검 등이 떠서 동생이 아침 일찍 자동차 정기점검을 하러 갔다. 그런데 고장 난 부품을 새로 받는 데 한 달 넘게 걸려 당장은 물론이고 부품이 올 때까지 운행이 불가능하단 소식을 들었다. 작은 슈퍼도 차로 왕복 30분 거리에 있는 시골에서 차가 없다는 건 갇힌 신세나 다름없다.
별 수 없이 렌터카를 쓰자고 100만 원을 부쳐주며 큰 고민 없이 돈을 보낼 수 있어 다행이라고 생각했다. 앞으로 이렇게 갑작스럽게 제법 큰 돈이 나가야 할 일이 더 많아지겠지? 돈 많이 벌어야겠다.

어제 빌린 차를 타고 영신숲 산책을 나갔다가 동생이 제주도 가서 렌터카 빌렸을 때 챙겨야 할 것들을 알려주었다. 문득 보이지 않는 누군가가 나를 보살펴주고 있나 하는 생각이 들었다.

우연인지 운명인지 하필 내가 제주도 혼자 렌터카 여행을 앞두고 차가 고장 나서 평소 같으면 모르고 갔을 것들을 하나하나 챙김받는 느낌이다. 가서 다치지 말라고, 조심히 잘 다니라고 돌아가신 할머니 할아버지가 이야기해 주시는 건가?

무선 노트에 두 페이지 정도 아무 말이나 쓰면서 하루를 시작한 지 13일차. 아침에 일어나 글을 쓰는 것보다 필기구에 정착하기가 제일 어려웠다. 평소에 좋아하던 블랙윙 연필은 부드럽게 써지지만 그립감이 별로고, 톰보는 그립감도 부드러움도 애매하다. 그 외 정체를 알 수 없는 판촉용 볼펜까지 수많은 필기구 사이를 방황하다 동생한테 빼앗아온 노란색 까렌다쉬 연필에 비로소 정착했다. 그립감이 아주 좋고 부드럽게 써진다.

가끔 내 소심함에 진절머리가 난다.

동생이 파리 여행 선물로 준 말린 고수 덕분에
내가 좋아하는 것 하나를 새롭게 발견했다.
일명 고수 토마토 양파 카레!
비건 버터에 양파를 달달, 토마토 볶볶.
두 재료가 모두 물러지면 물 붓고, 버섯 감치미 조금.
끓으면 카레 가루를 넣고 잘 저어준 뒤
그릇에 담아 고수를 팍팍 뿌려
바게트나 식빵 위에 얹어 먹으면 끝.
카레에 고수 얹어 먹을 생각을
왜 이제사 한 건지 조금 억울해지는 맛.

카카오 이모티콘 시안을 제출했다. 처음에는 정말 어렵게 어렵게 냈던 거 같은데 세 번째쯤 되니 조금 싱겁게 느껴진다. 두 번째 이모티콘이 떨어졌을 땐 짝사랑하던 애한테 차인 것처럼 섭섭하고 서운했다. 두 번 내서 한 번 떨어진 것가지고 말이다. 실패에 좀 더 익숙해져야지 하는 마음으로 내니까 싱겁지만 이 자체로도 꽤나 뿌듯하다. 결과에 상관없이 일단 했으니까.

그럼에도 떨어지면 서운한 마음이 드는 건
어쩔 수 없을 것이다.

오전 6시 즈음 일어났다. 아침 공기는 가능성으로 가득 차 있다. 하루의 시작선에 선 순간인 만큼 일어나자마자 후회할 일도 체념할 일도 없다. 그냥 시원한 공기를 마시는 것만으로도 뭐든 해낼 수 있을 것 같은 기운이 난다. 아침은 이런 거구나.

뭐든 할 수 있을거 같은 아침이야!

5 월 18 일 | 수 요일

굿모닝! 소리가 절로 나오는 아침의 연속이다. 산과 들, 바위, 지붕, 심지어 시멘트 바닥마저도 물기를 머금고 있는 봄날의 아침이 방금 뜬 햇빛과 만나 영롱하게 반짝인다. 눈 뜨자마자 봄 냄새가 섞인, 차갑고 싱싱한 아침 공기를 맡으며 기지개를 켜면 참을 수 없는 미소가 지어진다. 행복하다. 굿모닝!

5 월 19 일 | 목 요일

낮엔 덥고 저녁으로 갈수록 시원해지는 좋은 날씨다. 혼자 국립현대미술관 앞 카페의 테라스 자리에 앉아 볕을 쬐며 안동맥주의 오드아이 한 병을 마시며 이 글을 쓰고 있다. 눈앞엔 초록 나무가 바람에 흔들리고 해가 지려면 멀었다. 330mL 한 병을 다 비워가는데 한 병 더 마실지 말지 고민 중이다.

어제 마신 안동맥주가 너무 맛있어서 다시 찾아보니 밀맥주다. 아 그래, 밀맥주. 한동안 잊고 살았는데 덕분에 생각났다. 나는 밀맥주의 부드러움을 좋아한다. 에일의 쌉싸름함은 내 스타일이 아니고 라거의 청량감은 목구멍이 따갑다. 캔으로 나오는 밀맥주는 맛이 별로 없다. 반드시 병이나 드래프트로 나오는 밀맥주여야 한다.

찾아보니 안동에 양조장 겸 펍이 있다고 한다. 모든 게 서울 중심인 한국이라 당연히 서울에 있을 줄 알았는데 지방에 있다고 하니 어쩐지 더 반갑다. 안동은 문경에서 한 시간 거리. 가까운 곳에 좋아하는 맥주집이 있다니!

5 월 21 일 | 토 요일

꼭 하고 싶다 정도까진 아닌데 그래도 기회가 되면 한번쯤 해보고 싶은 것들이 있다. 이를테면 매년 만들어서 팔았던 연말 엽서 대신 연말 이모티콘 내는 일. '작가란 무엇인가'를 주제로 책을 만드는 일. 동생과 여기저기 가고 싶은 곳을 방랑하며 술과 얄궂은 안주를 파는 이동식 술집을 차리는 일이 그렇다.
반드시 해야 하는 일은 아니지만 언젠가 해보고 싶은 것들. 근데 이렇게 생각만 하다간 금세 잊힐 것 같아 노트를 하나 만들고 이름을 지어주었다. 마음에 든다.

~ 나의 아이디어 노트~

음악 스트리밍 서비스 '멜론'의 광고 콘텐츠 콘티를 짜고 있다. 원래 하루이틀 고민하다 보면 여기저기 흩어져 있던 아이디어들이 마감 날짜에 가까워지며 약속한 것처럼 짜맞춰지는 기적이 일어났는데, 이번에는 아직까지 좋은 생각이 떠오르지 않고 있다.

5 월 23 일 | 월 요일

새벽 3~4시 즈음 일어나 간단히 아침을 먹고 해 뜨기 전에 사과밭에 풀을 뽑으러 간다. 혼자 해도 한 시간에 한 고랑은 하니까 아침에 서너 고랑 뽑다가 7시 정도 되면 더워져서 집 가서 씻고 밥 먹고, 해가 질 때까지 논다. 졸리면 자고, 배고프면 먹고. 너무 더운 날엔 저기 윗마을에 가서 놀고 오는 날도 있다. 5시엔 저녁밥을 먹고, 6시 즈음 못 다 뽑은 풀을 뽑으러 갔다가 캄캄해지기 전에 돌아와 씻고 9시에 잔다.
여름엔 이렇게 하루 종일 놀고먹는 거다. 아침저녁으로 잠깐 밭일 하고 낮으론 놀고. 시골 사람은 낮에 일하면 안 된다. 낮에 일하다간 땡볕에 큰일 난다. 놀아야 한다. 그래서 여름이 재밌다. 겨울은 아주 지겹고.

5월 중순, 양지마 할머니의
길고 바지런하고 여유로운 일상.

이모티콘이 승인되었다! 어차피 떨어져도 계속할 거니까 슬금슬금 다음 이모티콘을 구상하고 있었는데 무려 일주일 만에 승인 메일이 온 것이다! 지난주만 해도 결과에 연연해하지 않기로 했지만 그건 결과가 안 좋을 때만이다. 나는 오늘 김연연이다. 결과에 연연하자! 축배를 들자!

산책을 하다 너무 예쁜 꽃을 봤다. 네모난 잎은 뾰얗고 수술은 노란데 수국처럼 무리지어 핀다. 찾아보니 찔레꽃이다. 이름만 알았지 어떻게 생겼는지는 모르던 꽃. 내년에는 너를 보며 아는 척할 수 있겠구나!

고추 모종이 넘어가지 않도록 끈으로 지지해주었다. 처음 몇 년은 모종 바로 옆에 대를 세워 묶었는데, 그 방법은 지지대 낭비가 심하고 미관상 좋지 않아 작년엔 모종 다섯 개의 양 끝에만 지지대를 세우고 그 사이를 끈으로 이어주었다. 하지만 그 방법은 시간이 갈수록 끈이 늘어져 지지는커녕 결국 제멋대로 자라게 했다. 그러다 오늘 할머니들의 고추밭을 유심히 보고 나서야 내가 중요한 한 가지를 빠트렸단 걸 알았다. 중간중간 끈을 한 번씩 꼬아주는 것이다! 이걸 5년 차에 깨달은 나도 참. 시골 사람 되려면 멀었다.

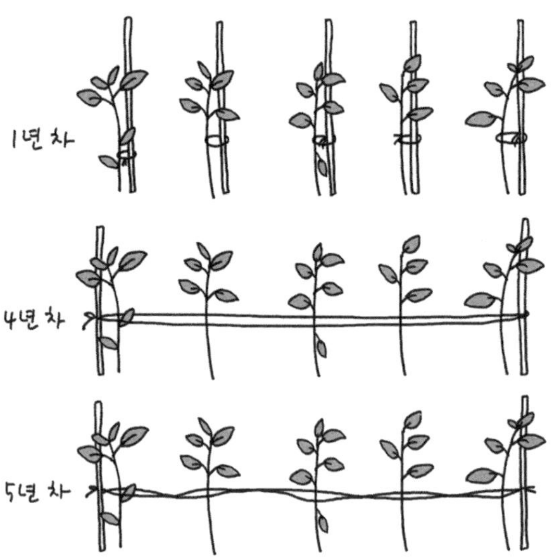

요즘은 내가 어느 방향으로 가고 있는지 모르겠다. 그저 그때그때 생각나는 것들을 시도해볼 뿐이다. 그 모든 시도가 결국 어느 방향으로 가기 위한 나침반이 되어주길 바란다. 실수와 후회마저 결국 내가 만나게 될 성취에 다다르게 되는 나침반이길.

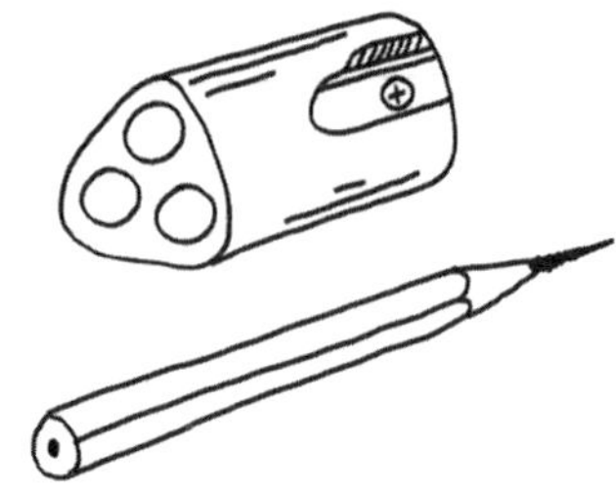

28일째 아침마다 연필로 모닝 페이지를 쓰고 있다. 지난번엔 맞는 연필을 찾기가 참 힘들었는데 이번엔 연필깎이다. 칼로 깎는 건 시간이 너무 오래 걸리고, 칼날이 박힌 조그만 연필깎이는 무디고 낭비가 심하다. 그런 내 모습을 동생이 보더니 자신의 작업실로 오라고 했다.

동생은 문구 수집가다. 평생 써도 다 못 쓸 수백 자루의 연필을 가진 그녀는 몇 번째 서랍에 무슨 연필이 있는지 정확하게 알고 있으며, 그 연필을 어디서 얼마 주고 샀으며, 어떤 역사가 있는 연필인지 줄줄 꿰고 있다. 연필뿐만 아니라 다른 문구류에 있어서도 그렇다. 그런 그녀에게 아주 센세이션한 연필깎이를 소개받고 하나 얻어 왔다. 독일제 M+R 3구 연필깎이는 연필심만 뾰족하게 깎을 수 있는 구멍과 나무만 깎을 수 있는 구멍, 전체를 깎을 수 있는 구멍 이렇게 세 개로 구성되어 연필을 뾰족하게 쓰려고 불필요하게 연필을 깎아야 하는 나 같은 사람에게 제격이다.

석석— 날렵한 칼날에 연필이 부드럽게 깎인다. 무언갈 수집하는 데 큰 뜻이 없던 나는 오늘에서야 동생의 문구 수집을 이해하기 시작한다. 지금껏 여벌로 보았던 그녀의 문구 수집이 새롭게 보인다.

실수로 브레이크 안 밟고 시동 걸었다고 동생한테 혼났다. 네가 빨리 시동 걸라고 재촉해서 그렇다고 변명했다. 초보에겐 변명이 많다. 내일이 되면 변명할 데도 없겠지. 지금 내겐 내일 안전하게 운전해서 제주도를 다녀오는 게 갓 돌 된 아기가 처음 두 발로 서서 걷는 것처럼 위대한 일이다. 나는 과연 무사히 집업실에 돌아온 수 있을까?

5 월 30 일 | 월 요일

740킬로미터로 날아가고 있는 제주행 비행기 7A 자리에 앉아 이 글을 쓰고 있다. 2019년 7월에 마지막으로 비행기를 탔으니 2년 10개월 만이다. 오랜만에 비행기가 이륙할 때 느끼는 무거운 압박과 거센 엔진 소리를 들었다. 긴 강줄기와 그 옆으로 빼곡한 부동산과 자동차들. 바다 위 둥둥 떠 있는 작은 섬들과 흰 궤적을 그리며 지나는 배, 구름에 비친 비행기의 그림자도 보았다. 그 그림자 주변으로 둥글게 핀 무지개도.
비행기를 타는 게 처음이 아닌데도 다 새롭게 느껴진다.

5 월 31 일 | 화 요일

늦은 저녁, 제주공항 근처로 친구를 바래다주고 혼자 송당의 숙소로 돌아가는 차 안. 빨간색 파란색 신호등이 깜빡이는 도로를 지나며 Lauv의 〈The Story Never Ends〉를 들었다. 제주 여행을 준비할 때만 해도 이 시간에 이렇게 운전을 하고 있을 줄은 상상하지 못했는데. 어쩐지 조금 뭉클하다. 앞으로 이 노래를 들을 때마다 오늘이 기억날 게 틀림없다.

6월

30'S
40'S

6 월 1 일 | 수 요일

시골에 살면서 나도 모르는 사이 변했는데 오늘에서야 깨달은 게 있다면 내가 불빛 하나 없는 어떤 산길도 크게 두려워하지 않게 됐다는 거다. 비자림에서 송당으로 향하는 어느 컴컴한 산길을 혼자 운전하고 있었다. 살짝 열린 창문 사이로 기분 좋은 삼나무 냄새가 들어오길래 창문을 내리니 시원하고 맑은 숲 공기가 사방에서 들어왔다.

속도를 낮추고 바깥 소리를 들었다. 이어지는 고요와 적막, 약간의 무서움마저 좋아서 비상등을 켜고 갓길에 차를 세웠다. 나무로 가득 차 삐죽삐죽한 산등성이와 그 위로 뜬 손톱달을 한참이나 보았다. 맑은 여름 공기도 듬뿍 마셨다. 이 순간, 여기에 나 혼자 오롯이 서 있다.

여행 마지막 날이 되어서야 계획이란 걸 세웠다. 오전 9시 비자림으로 시작해 오후 1시 렌터카 반납으로 끝나는 일정. 욕심껏 짠 일정이라 안 돼도 그만이라 생각했지만 세상에, 운전을 하니까 이 일정이 말이 된다! 심지어 여유롭다! 이 사실을 깨닫자마자 제주를 떠난다. 그치만 이번 여행을 기점으로 내가 품을 수 있는 여행의 크기가 훨씬 커졌음을 느낀다. 4일 전 비행기에서 내렸을 때보다 훨씬 더 큰 내가 되어 돌아간다.

마을 산책을 하다가 손녀 손주와 삶은 머위대를 다듬고 있는 양지마 할머니를 만났다. 껍데기를 벗기고 씻은 다음 들기름을 조금 넣어 달달 볶다가 국간장, 다진 마늘, 맛소금 넣고 간 맞춰서 먹으라고 봉다리에 한 묶음 쥐어주셨다. 마지막에 물 한 컵 붓고 보글보글 끓여 국물도 떠먹으면 맛있다는 말도 함께.

집으로 돌아와 할머니 레시피대로 자작하게 볶아 들깨와 참깨를 뿌려 먹었다. 오래 볶았는데도 아삭한 소리가 난다. 고소하고 짭짤한 국물도 맛있다. 따뜻하고 귀한 맛이다. 분명 종종 먹었던 것 같은데 오늘에서야 선명하게 느껴지는 머위의 맛.

며칠 동안 작업한 광고툰을 게시했다. 아이디어가 떠오르지 않아 시름시름 앓다 마감 직전에 콘티를 보내고 다음 날 더 좋은 아이디어가 떠올라 후회하며 작업했는데, 지금 보니 오히려 수정하지 않은 버전이 더 좋다. 영감님은 타이밍까지 계산하며 찾아오는 게 틀림없다. 내가 더 깊이 생각해서 수정하지도 못하도록 딱 콘티만 완성할 수 있는 아슬아슬한 시간에.

빗겨가나 했는데 걸리고야 말았다. 망할 코로나. 이 김에 좀 쉬자 싶지만서도 마음이 무거워 이모티콘 모션을 그리고 있다. 누가 와서 천천히 해도 된다고, 쉬어도 된다고, 일주일 휴식 허가증을 줬음 좋겠다.

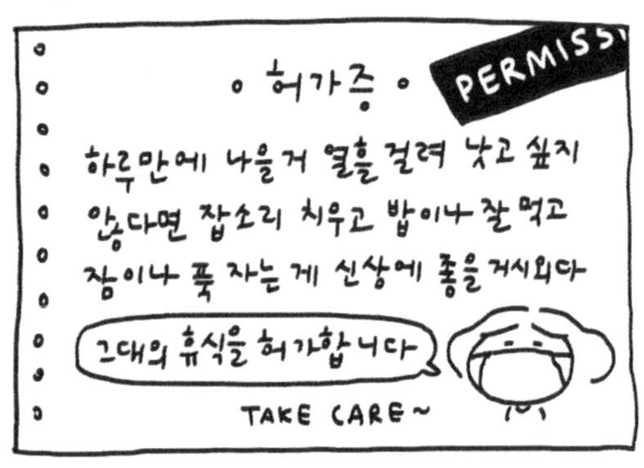

혹시 이 글을 보고 있는 당신도 쉬어야 하는데 일 때문에 제대로 못 쉬고 있는 어리석은 자라면 위의 절취선을 따라 오리십시오. 제가 당신에게 허가증을 주겠습니다. 저처럼 후회 말고 그냥 쉬어요. - 완쾌 후 귀찮 씀 -

6 월 6 일 | 월 요일

뜨거운 쇳덩이를 차고 다니는 느낌이어서 계속 누워 있다. 누워 있으면서도 '해야 해, 해야 해' 하고 있는 내가 좀 답답하게 느껴진다.

코로나를 핑계로 내일 있을 화상 회의를 미뤘다. 핑계라고 적은 이유는 아프기 전에도 미뤄졌으면 하는 마음이 아주 조오금 있었기 때문이고, 지금의 목 상태를 봤을 때 내일쯤 더 아플 거란 예견이(?) 되기 때문이다.

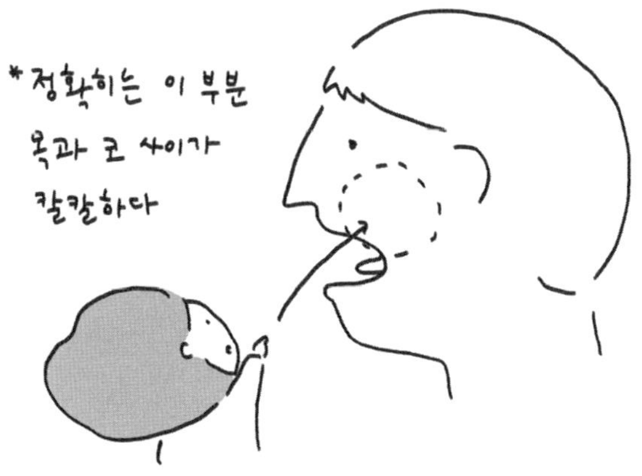

P.S. 만에 하나 담당자님이 보실지도 모르니까 적는 말.

그 예견은 적중했어요.

코와 목 사이에 누가 건조기를 틀어둔 게 틀림없다. 숨을 내쉴 때마다 건조해질 대로 건조해져 보호막을 잃은 연약한 콧구멍과 목구멍을 고춧가루와 후추로 만들어진 뻣뻣한 빗자루로 쓸고 가는 느낌이다. 오로지 동생이 준 민트 사탕을 물고 있을 때만 고통이 사그라든다. 계속 물고 있었더니 이가 삭은 느낌이다. 콧구멍을 잃거나 치아를 잃거나. 숨을 쉬거나 말거나. 코로나 이 극단적인 감기 같으니라고.

자신감이 너무 떨어진 나머지

책임감 없는 상상을 진지하게 하고 있었다.

내야지. 내야 할 책을 만들어야지.

아직 6월 9일이라고. 반도 안 왔어!

이제는 많이 호전되어 책상에 앉아 그림을 그린다.

제일 먹고 싶은 건 시원한 맥주 한 잔.

현재 목 상태로는 엄두도 안 난다.

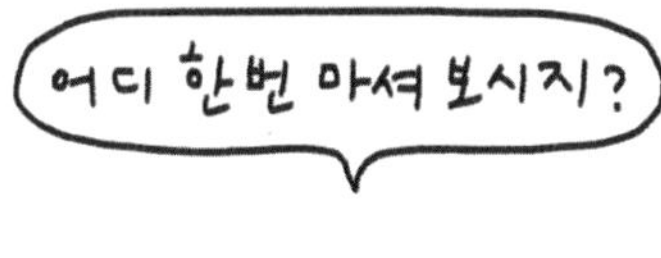

쉬엄쉬엄 하루에 이모티콘 네 개씩 완성하자고 계획했는데 완전 무리수였다. 고개 까닥 하는 모션 하나 가지고 두 시간 넘게 헤매고 있다. 찰지고 쫀득한 모션까진 바라지도 않는다. 더도 말고 덜도 말고 어색함만 벗어나자 했는데 꼬박 두 시간이었다.

베개 커버를 갈아 끼우며 내가 좋아하는 것을 또 하나 발견했다. 푹푹 꺼지는 베개에 베개보다 한참 큰 커버를 갈아 끼우는 것. 머리를 대면 슈―욱 꺼지는 그 편안함이 좋고 새 커버의 바스락하고 뽀송한 감촉이 좋다.
이렇게 내 기호를 발견하는 게 좋긴 하지만 한편으로는 까다로운 사람이 되는 것 같기도 하다. 취향이라고 하는 고정관념이 되는 것 같아서 말이다. 어느새 빈틈없이 빵빵하게 채워진 베개는 싫어진 사람이 되어버린 거니까.

어릴 땐 서른셋이 되면 다 늙고 끝날 줄 알았는데 막상 되고 보니 여전히 너무 젊고 자유롭고 예쁘다. 아마 마흔에도 그렇겠지. 하지만 마흔에도 계속 그럴 거라 생각하고 싶지 않다. 마흔 되기 전에 더 많이 보고, 듣고, 만나야 한다는 조급함으로 살고 싶다. 그런 조급함이 지금의 나를 좀 더 무모하게 만들어줄 테니까.

6 월 14 일 | 화 요일

연필로 모닝 페이지를 쓴 지 40일차. 이제는 좋은 아이디어나 글감이 떠오르면 휴대폰 메모장보다 종이와 연필을 찾게 된다. 옛날 사람들은 어떻게 원고지에 그 많은 글을 연필로 쓰면서 책을 완성했을까 싶었는데 손에 익으니 연필도 키보드만큼이나 빠르고 편하다. 완성된 글을 나만 알아볼 수 있다는 것도 장점.

오후 8시 무렵 마을 전체에 정전이 되었다. 불도 인터넷도 전화도 안 된다. 옆집 할머니가 엄마한테 전화가 왔다며 바꿔주셨다. LTE인 동생과 내 폰은 안 되고 할머니의 2G폰은 되는 것이다. 다행히 물은 나온다. 라디오도 된다. 라디오에선 아무 일도 없다는 듯이 아이유의 〈잠 못 드는 밤 비는 내리고〉가 나온다. 동생은 심각한데 나는 뭔가 웃기다. 이 노래가 이렇게 달달했나. 손전등을 켜놓고 설거지를 했다. 6시에 광고 콘텐츠를 올려놓고 효율이 잘 안 나와 심란하던 차였는데 확인할 수도 없다. 가만히 나무 심지로 된 초가 타닥타닥 타는 소리만 듣고 있다. 이대로 계속 안 되면 냉장고 속 음식이 다 상할 테고, 온수가 안 나와 샤워도 제대로 못 할 텐데 왠지 자꾸 미소가 지어진다.

초면인 바리수 작가님과 함께 신사동의 '핀치브런치바'라는 근사한 비건 식당에 다녀왔다. 혼자서는 얼마든지 할 수 있지만 누군가와 함께 간다는 건 용기가 필요한 일이라 매번 실패했는데 오늘 처음으로 성공한 것이다. 어쩐지 바리수 작가님이라면 초면에 비건 식당이라도 흔쾌히 갈 것 같았는데 역시나였다.
다른 사람과 외식할 때 이렇게 마음 놓고 즐겁게 먹은 적이 얼마 만인지! 비슷한 일을 하는 사람과 맛있는 음식을 먹으며 영감과 자극, 위로와 응원이 되는 이야기를 주고받은 것도 참 오랜만이다. 우리 둘 다 콩 한쪽도 남기지 않고 알뜰하게 비웠다.

선물로 받은 네잎클로버
네잎클로버를 선물로 주는 마음에 대해
한참 생각하며 다이어리에 붙였다.

덥다. 너무 덥다. 더워서 일하다 자꾸 꾸벅꾸벅 졸고 있다.

이럴 때 확실히 잠을 깨는 방법을 알고 있다.

1. 냉장고에서 차가운 캔맥주와 유리컵을 꺼낸다.
2. 캔맥주를 따서 치이익 소리를 들은 다음
3. 원샷할 수 있는 만큼만 따라서
4. 시원하게 마신다.
5. 크 — 하!
6. 초롱초롱해진 자신을 발견한다.

너무 나만 말했나
그 사람 이야긴 듣지도 못했어..
그 말은 하지 말걸
그 말도..

가만히 있으면 반이라도 가는데
내가 뭘 안다고..

이 후회를 도대체 몇 번째 반복하는 건지….

급격히 당이 떨어지거나
현기증이 나는 더운 날
냉장고에 네모반듯하게 썰어둔
수박이 있다는 건 아주 든든한 일이다.

이모티콘 채색 들어가기 전, 마지막으로 동생에게 모션을 보여주고 피드백을 받고 있다. 그럼 또 수정할 게 한 더미지만 동생이 말한 대로 선 몇 개만 추가했는데 한 끗 차이로 퀄리티가 확 바뀌는 게 보인다. 어이없고 재밌다. 혼자 할 땐 전혀 안 보이던 것들이 동생 눈에는 아주 쉽게 보이는 게 놀랍다. 동생의 한 수가 이모티콘의 완성도를 확 올려준다. 혼자 하는 게 제일 나을 거라 생각했던 지난날을 반성하게 된다.

오늘은 1년 중 낮이 가장 긴 날, 하지. 텃밭엔 하얀 꽃잎과 노란 수술이 예쁜 감자꽃이 피었다. 뿌리엔 귀여운 감자들이 한창 살을 찌우고 있겠지? 곧 하지 감자가 나오겠구나.

그러고 보면 감자는 투박한 이름과 생김새 덕분에 능력에 비해 저평가된 작물 중 하나다. 감자는 씨라고 할 것도 없다. 그냥 쪼개서 심으면 된다. 3월 중순 즈음, 감자 눈 부분만 잘 살려 심으면 그 자리에서 싹이 트고 뿌리를 내려 6월 말이면 주렁주렁 감자를 낳는다. 몸이 잘려 부분만 심어도 다시 온전한 감자를 주렁주렁 달고 나오는 현실판 데드풀! 그게 바로 감자다!

일을 보러 시내에 나왔다가 참새의 자살을 보았다.

33도의 폭염. 대로변을 날던 참새는 그 스스로 지나가던 트럭의 바퀴 쪽으로 다가갔고, 닿자마자 힘없이 튕겨져 중앙선 너머에 떨어졌다. 여기엔 새가 쉴 곳이 없다. 나무 그늘 사이에 앉아 잠시 숨을 돌릴 수도, 계곡물에 목을 축일 수도 없다. 사방은 뜨거운 아스팔트고, 그나마 고여 있는 건 인도 위 꺼멓고 뜨거운, 차마 물이라고 할 수 없는 것이다.

손바닥만 한 참새가 이 폭염을 어디서 피할 수 있었을까. 이리 가도 저리 가도 사방이 아지랑이 핀 아스팔트일 때는 그냥 포기하고 싶었을 것이다. 너무 뜨겁고, 목이 마르고, 털이 타버릴 것 같아서. 그래서 그 여리고 조그만 날갯짓을 트럭으로 향했을 것이다. 그래서 그의 죽음이 우연이 아니라 필연 같아 보였다.

일이 너무 하기 싫을 땐 딱 10분만 하자고 맘먹는다. 더도 말고 덜도 말고 딱 10분만 하고 10분이 지나면 완성이 되었든 안 되었든 얄짤 없이 덮어버리고 다른 일로 넘어간다.
그렇게 며칠 해보니 10분 안에 조금이라도 더 끝내보기 위해 애쓰게 되고, 마감 때 다 되어서 머리 쥐어짜내는 일 없이 소재도 제법 쌓아둘 수 있게 되었다. 이 글도 그 10분 중 하나다.

6 월 24 일 | 금 요일

직감적으로 하면 안 될 것 같다는 생각이 드는 일은 안 하는 게 좋다. 그럼에도 하겠다고 대든 일이 있었다. 그러자 난데없이 프로젝트가 무기한 중단되었다. 혹시 보이지 않는 누군가가 내가 잘못 가지 않도록 도와주고 있는 건가 하는 생각이 든다. 솔직히 나로서는 도저히 멈출 자신이 없었다.

6 월 25 일 | 토 요일

이모티콘 모션 작업을 끝내고

드디어 포토샵 작업을 제대로 시작했다.

기나긴 이모티콘 터널의 끝이 보인다!

할머니를 모시고 본가에 왔다.

할머니가 타고 나니 더 예민해진 동생으로부터

후진할 때 사이드 미러보다

후방 카메라에 의존한다고 한소리 들었다.

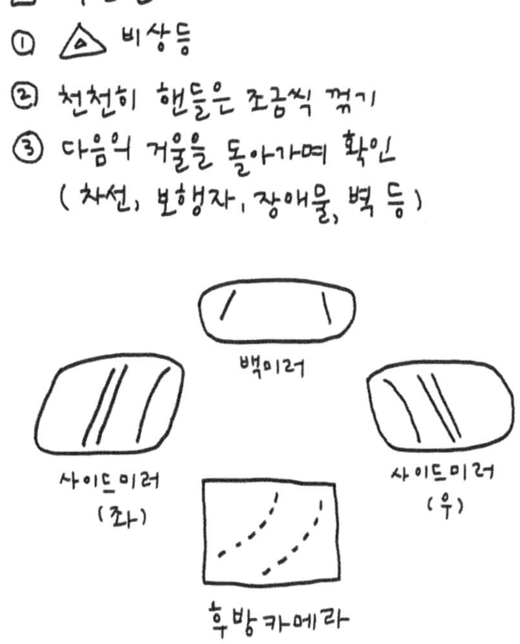

강연 메일 회신.

이모티콘 포토샵 파일 작업.

연재 콘티 작업.

세금계산서 발행.

하루 종일 책상에 붙어 있어야 할 날이라
허리를 꼿꼿이 피고 시작했거늘
집중하다 정신 차려 보면 거북목을 한 채
허리에 준 힘이라곤 1도 없이
구부정한 자세로 일하고 있는 자신을 마주한다.

6 월 28 일 | 화 요일

천둥을 무서워하는 마루는
비가 오면 안아달라고 떼를 쓴다.
하는 수 없이 한 손은 애플펜슬,
한 손은 마루를 안고 작업을 한다.

6 월 29 일 | 수 요일

어제 새벽에 이모티콘 최종 파일을
제출한 게 믿기지 않는다.
몇 시간 못 자고 일어났지만
모처럼 몸도 마음도 가볍다.
물론 최종 파일이라고 해서 다 끝난 게 아니다.
이 다음으로는 최최종.zip 최최최최종.zip이 있고
그 다음으로는 이게_진짜_최종_.zip이 있다.
또 다음으로는….

점심으로 두부국밥을 만들어 먹었는데 칼칼하고 개운한 게 아주 만족스럽다. 술 마신 다음 날 또 해 먹기 위해 레시피를 남겨둔다.

* 귀찮표 두부국밥
버섯 감치미, 새우젓, 다진 마늘 각 1작은술
두부 1/3모, 청양고추 2개, 밥 한 공기

1. 냄비에 물 2컵, 버섯 감치미를 넣고 끓인다.
2. 물이 끓으면 두부와 다진 마늘, 새우젓을 넣고 저어준 뒤
3. 청양고추를 쫑쫑 썰어 넣고 다시 한 번 끓여주면 끝.

취향에 따라 고춧가루를 넣어 먹어도 좋다.
먹을 땐 쌀밥을 말아 두부와 같이 으깨면서 먹는다.
국물이 칼칼하니 사레들리지 않게 주의해야 한다.

7월

맙소사, 일이 너무 하기 싫다!

인스타에서 어떤 사람이

전자책으로 1억을 벌었단 게시물을 봤다.

땡볕에 문경새재길을 걸었다. 나무 밑은 시원한데 나무가 없으면 너무 덥다. 해설사 선생님이 오래된 돌탑을 보고 저 돌탑이 여기 있는 이유를 알려주셨다. 과거 시험을 치르기 위해 문경새재를 오르던 선비들이 욕심내서 쉬지 않고 걷기만 하면 지쳐 쓰러질 수 있으니 중간에 소원을 빌면서 잠시 쉬어가라는 뜻이라고 한다.

그러지 말아야지 하면서도 아직도 고치지 못한 내 싫은 모습은, 역사보다 사건에 집중한다는 것이다. 상대가 내게 상처되는 행동을 했을 때, 종종 그 사건으로 상대방의 전체를 평가하며 마음속에 나쁜 사람 낙인을 찍어버릴 때가 있다. 심지어 그걸 합리화하려고 주변 사람들에게 그 사람이 얼마나 큰 상처를 줬는지 이야기하며 나의 정당성을 증명받으려 한다. 더 최악인 건 그렇게 내 주변 사람들에게 한 사람을 나쁜 인간으로 만들어놓고 나서야 제대로 된 판단을 시작한다는 것이다. 뒤늦게 한 사람에 대한 진정한 평가는 한순간의 말이 아니라 함께한 시간 속에 오고 간 대화와 주고받은 마음속에 있었다는 걸 깨달아도 그땐 이미 늦었다.

이런 후회를 수없이 반복하고도 여전히 한 사건으로 한 사람의 전체를 판단하는 실수를 저지른다. 아주 큰 상처가 되는 일이었기에 그럴 수밖에 없었던 일도 있지만, 그렇다 해도, 한 발짝 물러나 사건 너머의 것들도 떠올리는 내가 되었음 좋겠다.

그렇게 말했어도
사실 그럴 사람은 아닌데..

7 월 5 일 | 화 요일

나를 믿고 일을 준 담당자에게 아마추어같이 보이거나 읍소처럼 느껴지지 않게 말하면서도 친근함과 친절함을 표현하기란 참 어려운 일이다. 그나마도 내가 실수하지 않으면 모든 건 실력 있는 자의 좋은 인성이나 프로페셔널한 일처리로 포장될 수 있지만, 일도 제대로 못 해놓고 웃고 있으면 아부로 보이기 십상이다. 그래서 보통 메일을 쓸 땐 감정을 최대한 절제하면서 쓴다. 방금도 그런 말투로 최종본을 보냈다.
그런데… 보내고 나시야 실수한 것을 발견했다. 최종본이야 최최종본으로 다시 만들면 되고 메일도 다시 보내면 되겠지만, 아 창피해 죽겠다.

인스타그램 팔로워가 5만이 넘었다. 정확히 50,953명이다. 이 정도면 다시 4만 대로 내려갈 일도 없다. 진짜 마의 4만 구간을 지난 것이다! (4만이 너무 길었다.) 맛있는 거나 먹자고 가족들한테 말하니 동생이 나 같은 크리에이터에게 구독자가 늘어났다는 것은 직장인에게 승진과 같은 거라며 축하해줬다. 왜인지 눈물이 날 뻔했다.

7 월 7 일 | 목 요일

모기향을 개시했다. 진작에 개시했어야 할 모기향인데 오늘에서야 모기향을 개시했다는 건, 그만큼 마당에 나올 여유가 없었다는 뜻이겠지. 툇마루에 앉아 모기향을 잡고 후 불어본다. 순간 빨간 빛이 퍼졌다가 이내 흰 연기가 피어오른다. 몸에 좋을 리 없는 연기인데도 이 냄새를 맡으면 마음에 여유가 생기는 것 같다.

나른하고 출출할 때 자주 먹는 음식은 팔도비빔면. 정석대로 익힌 면을 찬물에 야들하게 헹궈 그릇에 담고 젓가락으로 액상스프를 알뜰하게 짜낸다. 여기에 열무김치, 오이, 청양고추를 썰어 올리고 통깨를 욕심껏 뿌려 마무리. 차가운 소주 한 잔과 먹는다. 소주의 시원달달함과 매콤한 비빔면의 조화가 아찔한 음식.

소주는 욕심내면 하루를 망칠 수 있으니 딱 한 잔만 먹는 게 포인트다.

7 월 9 일 | 토 요일

5시 반 즈음 일어났다가 무슨 바람이 들었는지 갑자기 캐릭터를 그려댔다. (새벽잠에 취한 듯하다.) 32종의 감정 담은 카카오 이모티콘을 제출하고 나니 오후 1시 33분이었다. 하루를 시작하던 시간에 이미 뭔가를 끝냈다는 게 신기하다. 결심하고 생각하고 기획하고 구상하는 시간이 거의 5분 정도였던 것 같다. 5분 상간에 캐릭터는 만들어져 있었고 그 이후는 기계처럼 그려댔다. 오늘 내가 좀 낯설다.

그렇게 탄생한 쫑긋이

ㅋㅋㅋㅋㅋ
z z
bye

할머니의 88번째 생신을 축하하기 위해 집업실로 모시고 왔는데 도리어 내 생일처럼 할머니가 곳곳을 돌봐주고 있다. 다부진 표정으로 머리에 수건을 두르고, 목장갑을 끼고 장화를 신은 할머니는 익숙한 손놀림으로 잡초를 뽑고 메마른 겉흙을 파서 보드랍게 일구셨다. 그리고 지난해 뿌리째 뽑아 말린 뒤 그대로 창고에 넣어두었던 조선배추와 삼동초를 손으로 슥슥 문질러 까만 씨를 받아내고, 후 불어 지저분한 겨를 정리하고, 동생과 내가 심어둔 가지와 고추의 지서분힌 기지들을 잘라내셨다.
서른셋의 내가 하루 종일 해도 티 안 나던 밭이 여든여덟 할머니의 손에 반나절 만에 번듯해졌다. 오랜 시간 흙과 친하게 지냈던 사람의 몸에 밴 지혜와 습관은 따라갈 수가 없다.

요즘 놀면서 일하는 워케이션이 뜨길래 나도 놀면서 일해야지~ 하는 가벼운 마음으로 한 달 전쯤 목포의 '일하는 하숙집'이라는 4박 5일짜리 프로그램을 결제했다. 그런데 정말 가서 쫄깃하게 일하게 생겼다. 내일도 마감, 모레도 마감이다.

7 월 12 일 | 화 요일

워케이션을 하러 온 사람들끼리 각자 할 일을 하다가 하루 한두 시간 정도 모여 질문 카드를 가지고 이야기를 나눈다. 부자가 되면 무엇을 하고 싶냐는 질문 카드에 잠시 고민하다가 지금처럼 이런 곳에 와서 사람들을 만나고 생각을 나누고 싶다고 말했다. 말하고 보니 꼭 부자가 되지 않아도 할 수 있는 것들이었다.

7 월 13 일 | 수 요일

가만히 서 있기만 해도 진이 빠지는 습하고 더운 목포. 여든여덟의 할머니가 운영하시는 떡집 겸 카페에 왔다. 그녀의 동작 하나하나는 느린 듯 보였지만 동선에 맞게 늘어진 식기와 몸에 익은 손놀림에 팥빙수는 금세 만들어졌고, 우리가 그 팥빙수를 먹는 동안 할머니는 눈을 반짝이며 50대에 목포에서 옷 장사할 때 시장 상인들에게 솜바지를 17,000원에 외상해주고 하루에 100원씩 수금하러 다니며 장사하던 이야기를 해주셨다.

할머니의 반짝임은 주변에 대한 관찰과 체념하지 않는 마음에서 오는 것 같았다. 시장 상인들이 추울까 봐 서울에서 따뜻한 솜바지를 해 와 100원에 내어주던 마음, 떡 장사가 신통치 않자 여든에 바리스타 자격증을 따고 오늘처럼 여름날 더위에 지친 관광객들에게 아이스 아메리카노를 2,000원에 내어주는 마음에서 말이다.

그라믄 바지 세 개 사 입어야 삼백원이야~
다른 데는 만사천원인디!
나 그렇게 장사했다?

7 월 14 일 | 목 요일

밥 먹고 너무 졸려서 잠 깰 겸 워케이션 하는 분들과 서로 초상화를 그리기 시작했다. 다들 모델이 되기 부끄러워하면서도 그려지는 과정과 결과물을 보면서 신기하고 즐거워했고, 나는 그 모습을 바라보며 뿌듯하고 재밌었다. 덕분에 사람들과 좀 더 가까워진 느낌도 들었고. 지금껏 경험해보지 못한 느낌이었다. 그림이란 건 내 기분을 표현하는 도구나 돈벌이였는데 이런 유대와 결속, 기쁨을 만들어낼 수 있구나.

며칠 전에 구상해놓곤 '에이 내가 뭘' 하면서 마음속에만 담아두었던 프로젝트가 있었다. 근데 실리콘밸리에서 사업을 하다 한국에 안식년을 보내러 온 가영 님하고 이야기를 나누다 보니 그 이야기가 튀어나와버렸다.
다른 어떤 말보다 멀리 보지 말고 딱 한걸음 정도만 해보라고, 너무 고민하지 말고 그냥 한 걸음 정도만 해보라는 말에 설레고 용기가 났다. 아니 이것보다 훨씬 멋진 말이었는데 뭐였더라?

너무 고민하지 말고
딱 한 걸음만

몇 시간 전엔 눈만 마주쳐도 싱긋 웃던 곳에 있었는데, 지금은 차가운 무관심에 어쩐지 주눅이 드는 을지로의 어느 엘리베이터 구석에 서 있다.

'내 행색이 초라한가?' 하는 생각이 든다.

왜 어렵고 낯선 자리일수록 더 마시게 되는가.

피부 상태에 따라 자신감이 달라지는 나.

어제 흠모하던 작가님을 만났을 땐 여드름이 4개더니

자고 일어나니까 쏙 들어가버렸다.

야속한 놈들.

7 월 19 일 | 화 요일

목포와 서울을 돌아

조그맣고 하얀 강아지가

꼬리를 흔들며 기다리고 있는 곳

드디어, 집으로 왔다!

일주일 넘게 집업실을 비웠더니
텃밭에 가지가 못 다 먹을 만큼 주렁주렁이다.
이럴 때 가지를 맛있게 요리해 먹을 수 있는
레시피가 생각난다는 건
어느덧 정말 시골 사람이 다 된 거겠지?

가지로 사치 부리고 싶을 때,
큰 가지도 한 줌으로 만들어주는
'귀찮표 가지무침 레시피'
가지는 한 입 크기로 썰어 물렁해질 때까지 찌고
큰 그릇에 청양고추, 마늘, 양파를 다져 넣는다.
간장과 참기름을 넣고 간을 본 뒤
찜기에서 건져낸 가지와 섞어준다.
통깨로 마무리하면 짭조름한 가지무침 완성.

간장소스가
촉촉하게 배여
흰쌀밥과의
조화가 아주 좋다

지금 그 글! 간결해?

집업실에 오니 따로 시간을 내지 않아도 목포와 서울에서 지내는 동안 떠오른 생각과 영감을 정리하게 된다. 설거지를 하며, 가지와 토마토를 따며 '이렇게 해봐야지, 저렇게 해봐야지' 하면서 말이다.
시골에 살아서 좋은 점은 이거다. 반짝거리는 곳에서 계속 머물렀다면 휩쓸리다 끝났을 텐데 여기선 물리적으로 고립되다 보니 자연스럽게 그 반짝임을 정리할 시간이 있다. 좋은 것들을 오롯이 내 것으로 만들 수 있는 것이다.

와 스물일곱!
정말 예쁜 나이네요!
그렇죠?
목포에서 만난 설님
근데,, 예쁠 땐
예쁜 줄 몰라요
서른셋,,

오랜만의 안온한 주말, 엄마가 모나미 플러스펜 60개들이 세트를 샀다고 자랑해서 나도 나의 오랜 몽당 기린 색연필을 자랑했다. 프리즈마나 파버스텔은 비싸서 못 사던 시절, 저렴한 데다 양쪽이 다른 색깔이라 샀던 색연필이었다. 자랑하고 다시 봐도 맘에 들어 찾아보니 단종되었다. 이제는 사고 싶어도 살 수 없구나.

그림과 글엔 날개가 달려서 가끔 나를 신기한 곳으로 데려다준다. 새로운 사람을 만나게 하고, 해보고 싶었던 일을 해볼 수 있게 하고, 뜻밖의 여정을 떠나게 한다. 만화를 그리지 않았더라면 충분히 예상 가능했던 내 지루한 일상이 예측 불가능한 여행기로 바뀐다. 요즘 내가 그리고 쓰는 가장 큰 이유.

이번 주 평균 걸음 수 4,915. 대부분의 일을 집에서 하는 프리랜서가 한여름에 이 정도 걸음 수가 나올 수 있는 이유는 '산책?' 하면 귀를 쫑긋한 뒤 대문으로 폴짝폴짝 뛰어가는 마루 덕분이다. 마루가 없었다면 조금도 걷지 않았을 나인데 덕분에 오늘도 사부작 사부작 동네를 걷는다. 동생과 사이좋게 깐도리 아이스크림 하나씩 들고, 하늘도 보고 초록 벼도 보면서.

125*165 사이즈의 작고 얇은 그림책을 구상하고 있다. 만들어서 팔아도 좋겠지만, 팔지 않더라도 만나는 사람마다 명함처럼 드리면 내가 어떤 그림체와 문체를 가졌고, 어떤 고민을 해온 사람인지 알리기에 좋을 것 같아서.

7 월 28 일 | 목 요일

영상 편집한다고 계속 앉아 있었더니
일어나도 궁뎅이가 납작한 기분이다.
내 궁뎅이 불쌍해.

< 전지적 궁뎅이 시점 >

7 월 29 일 | 금 요일

요즘엔 눈 뜨면 마당으로 나가 기지개를 쭉 켜고 상추와 방울토마토, 가지나 오이를 먹을 만큼만 따는 걸로 하루를 시작한다. 냉장고에서 꺼낸 야채가 아닌 줄기에서 갓 따온 신선한 야채들로 만든 샐러드는 다른 소스 없이 소금과 후추에 살짝 버무리기만 해도 맛있다. 신선한 채소끼리 섞여 나는 맛과 향만으로도 충분한 느낌이랄까.

이런 걸 아무렇지도 않게 매일 먹고 있다니! 새삼 행복하다. 시골의 1년 중 제일 호사스러운 나날이다.

7 월 30 일 | 토 요일

이모티콘을 해보기로 결심한 후
세 번째 이모티콘을 제출했다.
첫 번째엔 될 것 같다는 느낌이 들었고
두 번째엔 잘하면 되겠다 하는 느낌이 들었다.
오늘은 안 될 것 같다는 생각이 들었다.
그래도 그냥 제출했다.
있는 거 가지고 더 잘하려고 아등바등하는 것보다
일단 손에 쥔 걸 던지고 다시 하는 게 좋아서.

틈틈이 힙업 운동을 한다.

8월

일본 오이타 미야하라 마을의 유일한 주민, 니시 야스코 할머니의 이야기를 봤다. 일본에는 이렇게 주민이 없어 사라진 마을이 160곳이 넘는다고 한다. 내가 사는 시골이 그 지경이 되지 않길 바라지만 먼 나라 이야기 같진 않다. 돌아가신 할머니들의 집은 몇 해째 빈집으로 방치되고 있고, 내가 이사 온 이래로 마을엔 단 한 집도 새로 이사 오지 않았다. 마을은 점점 작고 초라해지고 있다.

이렇게 사람이 줄면 대책을 마련해야 하는데 사람이 줄다 보니 오히려 관심 밖이 되어버린다. 그렇게 마을은 관심 밖에서 계속 스러져간다. 폐비닐과 농약, 비료 포대가 산과 들, 하천에 몇 년째 버려진 그대로 방치돼 있고, 조립식 주택을 짓다 버려진 거대한 스티로폼 판넬에선 스티로폼 가루가 날린다.

날이 가물어 며칠씩 물이 안 나오거나 흙탕물이 나와도 관심이 없다. 도시의 거리는 깨끗하고 아파트에선 맑은 물이 나오니까. 아이러니하게도 도시의 취수장 역시 여기 스티로폼 가루가 날리고 몇 년째 비료 포대가 썩고 있는 하천에서 멀지 않은 곳에 있다.

현실은 이런데 뉴스 속 정치인들은 오늘도 어김없이 자기들끼리 알력 자랑하고, 편 가르면서 싸우느라 바쁘다. 나는 이곳에 오래 머물고 싶다. 하지만 언제부턴가 직감하게 되었다. 지금 이대로라면 이곳에 머물 수 있는 날이 얼마 남지 않았음을.

마을 어르신들이 건강하게
오래 사시게 해주세요
그래야 저도 이곳에 오래
머물수 있어요

8 월 2 일 | 화 요일

텃밭에서 저절로 난 참외 넝쿨이 징글징글하게 마당을 향해 가고 있다. 오이 넝쿨은 자기들끼리 얽히고설켜 더 이상 풀어줄 수도 없이 꼬여버렸다. 상추는 꽃대를 올렸고, 제때 따지 못한 토마토는 터져버렸다. 비장의 각오로 긴 팔에 긴 바지를 입고, 장화를 신고, 모기 퇴치제를 칙칙 뿌리고 들어가 풀을 뽑고, 무너진 지지대를 다시 세워주고, 지저분한 이파리도 정리해야 한다.

하지만 오늘이 그날은 아니다. 아직 텃밭 친구들과 조우할 마음의 준비가 덜 됐다. 내일의 비장함을 노려보자.

비 온 다음 날, 시골 마을을 산책하다 보면 곳곳에서 은은한 향수를 뿌린 것 같은 좋은 냄새가 난다.

"선택과 집중을 하라고!"

"기회는 한 번뿐이야!"

가벼운 시도 장인은

계속되는 최선 공격에

녹다운 되고 말았습니다.

10월에 코엑스에 걸릴 온라인 클래스 옥외광고 촬영을 마치고 다시 문경으로 돌아가는 길. 고속터미널 화장실에서 단단히 고정시켜 둔 머리를 애써 헝클고 가짜 속눈썹을 뗐다.
화려해 보이는 것들을 경험하고 나면 이상하게 마음에 주눅이 든다. 남들은 능숙하게 척척 해내던데 나는 마치 '이런 일에 어울리지 않아요'를 온몸으로 말하는 인간처럼 내내 어정쩡했다.
담당자님께 전달받은 사진 속에서 억지로 웃고 있는 내 얼굴이 어색하고 못났다. 그냥 편하게 웃으면 되는데 노력해도 안 되는 그 모습이 스스로 참 초라하다고 느끼면서도 달리 다른 방법이 떠오르지 않았다. 끝나고 누구라도 만나서 답답한 마음을 터놓고 싶은데, 부를 친구도 없어서 그냥 털레털레 버스를 탔다.

멍청하게 하루 종일 침대에 누워 핸드폰만 봤다.

대가 없이 하는 일도 결국 대가가 돌아오는 것 같다. 연재나 광고 만화처럼 당장의 대가가 보이는 일은 당장의 나를 먹여 살렸지만, 일상툰처럼 그냥 내가 좋아서 대가 없이 한 일들은 더 오랜 시간 나를 먹여 살렸다. 어제 올린 일상툰도 그제 올린 유튜브 영상도 당장 아무 일도 없다. 그렇지만 지난 8년간 대가 없이 해온 일이 그러하듯 앞으로의 시간은 오늘 내가 대가 없이 한 일들로 먹고 살아지겠지.

노각은 느긋하고 게으른 인간이 기르기 참 좋은 작물이다. 물도 주는 둥 마는 둥, 그냥 무심하게 내버려 두면 크고 누렇게 늙는데 그때가 제일 맛있을 때다.

마트에서 파는 연둣빛 오이를 생각하며 덜 익었을 때 성급하게 따 먹으면 떫어서 입도 못 댈 지경이고, 저거 너무 누래졌는데 할 때도 먹어보면 조금 떫다. 의외로 폭삭 늙어버려 꼭지 부분은 터진 살처럼 갈라지고 색깔이 아주 누우래졌을 때가 제일 아삭아삭하고 달다. 반을 갈라 속을 파내고 양파, 청양고추와 함께 잘게 썰어 식초, 맛소금, 설탕, 통깨에 물을 부어 냉국으로 만든 뒤 끼니 때마다 얼음을 넣고 아삭아삭 후르릅 먹는 게 요즘의 낙이다.

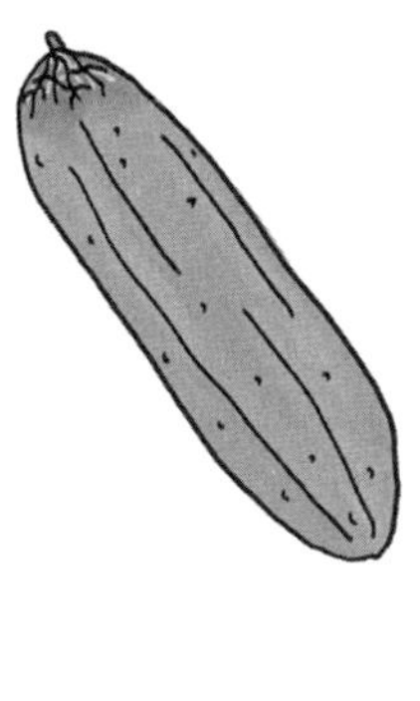

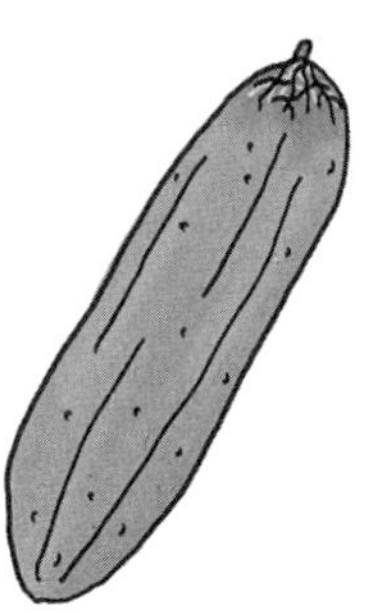

초록 벼에 하나둘 쌀알이 맺히기 시작한다. 두툼한 옥수수는 검은 수염을 길게 늘어뜨리고 붉은 봉숭아 잎은 벌써 반이나 떨어졌다. 음지마을의 사과는 여전히 연두색이지만, 양지마을 사과는 벌써 아래쪽부터 빨갛게 익어가고 있다. 나는 한 것도 없이 벌써 8월인 기분인데 이렇게 착실하게 익어가는 열매들을 보면 조금 심란해진다.

4년 전, 이곳에 처음 왔을 때 봄마다 따 먹겠다고 동생과 함께 낑낑대며 뒷밭에 심고는 자꾸 퍼지고 처치 곤란이 되어 올해 초 다시 캐내 뒷산으로 던져버린 두릅나무가 있다. 하도 억세서 밑둥을 낫으로 홱 쳐내고 호미로 긁고 삽으로 퍼내고도 부족해 얽히고설킨 뿌리를 하나하나 손으로 뜯어 버렸다. 그러고도 깨끗하게 뽑히지 않아 여전히 뒷밭엔 드문드문 두릅 싹이 올라온다.

오늘 보니 그렇게 버린 두릅나무가 뿌리째 던져진 그 자리에서 다시 자라 꽃까지 피었다. 정말 어떻게 해도 살아남는 그 끈질긴 생명력에 넌더리나면서도 어쩐지 경외감이 든다.

며칠째 비가 온다. 아직 상하수도 시설이 들어오지 않은 이곳엔 뒷산에 물탱크를 두고 지하수를 퍼 올려 쓰는데 이렇게 비가 많이 오면 정수가 제대로 되지 않는지 흙탕물이 나온다. 사실 비가 오지 않을 때도 물이 깨끗하진 않아 샤워기 필터를 쓰고 정수기를 쓴다. 보기엔 깨끗해 보이는 물인데도 필터가 금세 똥색이 되고 가끔 작은 벌레도 끼어 나오는 걸 보면 대책이 시급하게 느껴진다.

언젠가 마을 이장님께서 상하수도 수요 조사를 하셨지만, 어르신들 눈엔 깨끗하고 몸에 좋은 물이 지천인데 굳이 수도요금 내면서 물을 써야 할 이유가 없다며 반대하셨다고 들었다. 그 말도 틀린 건 아니다. 소독약 가득한 수돗물과 바위 타고 오면서 흙을 일부 품고 내려온 물 중 어느 쪽이 더 나은 걸까.

요즘 내 인생 재미없어
인생 어떻게 살아야 재밌지?
인생 잼나게 사는 법?
잠깐 기다려봐
슥삭

자! 이걸 정독하도록 해
특히 세 번째에서
`받기'가 포인트야
벌기 아님!
깊은 감명

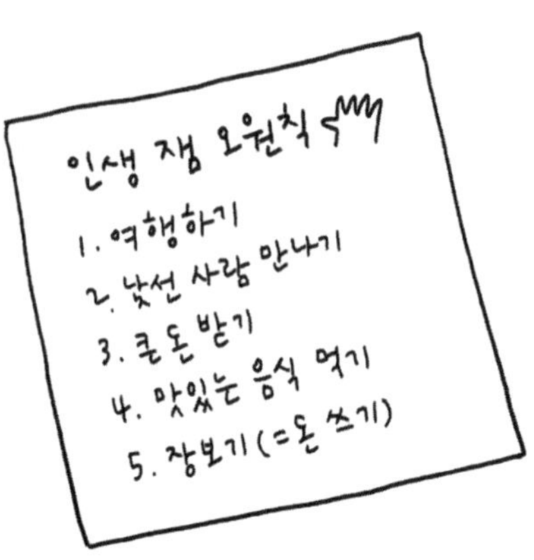

무심결에 뱉은 말에 오후 2시 급 결정된 당일치기 여행으로 영덕에 왔다. 동생은 해수욕을 즐기고 나는 마루와 해변에 앉아 바람을 쐤다. 저녁이 되자 출출해져서 해안도로 따라 편의점을 찾고 있는데, 수평선 위 구름 사이로 빛나는 무언가가 움직인다. 태양인가? 여긴 동쪽인데? 그럼 UFO인가? 아니면 소행성 충돌로 지구가 멸망하는 모습을 목격하고 있는 건가?
그런 생각을 하며 보는데 세상에, 달이다! 지금껏 본 달 중에 손에 꼽을 정도로 큰 달. 보고 있으면 징그럽고 무서워서 눈을 돌렸다가, 궁금해서 다시 보면 또 놀랄 정도로 큰 달. 월출은 일출만큼이나 밝고 큰데 무섭기까지 하다. 알고 보니 오늘이 2022년의 마지막 슈퍼문이라고 한다.

으 너무 무서워!
계속 따라와

어제 당일치기 영덕 차박 여행이 너무 좋아서 장비를 알아보고 있다. 처음엔 5만 원대의 차량용 커피포트를 보고 있었는데, 어느덧 200만 원대의 파워뱅크를 장바구니에 넣고 있었다. 보태보태병이 무섭다. 다행히 결제 직전에 내가 전기를 쓰려던 이유가 고작 뜨거운 라면 물이었다는 걸 깨닫고 24시간 온도를 유지하는 3만 원짜리 스탠리 보온병을 주문하며 이성을 되찾았다. 이 모든 과정을 지켜보던 동생이 한마디 한다.

그제 영덕에서 먹고 남은 오징어 회로 오징어 덮밥을 만들었다. 할머니들이 자주 하시는 말씀 중에 "알고 보면 천지에 먹을 건데 모르면 쓰레기야"라는 말이 체감되는 순간이다. 할 줄 몰랐으면 버릴 음식이었겠지만 지금은 먹다 남은 음식도 알뜰하게 요리해 먹는다. 매콤한 양념을 쌀밥에 싹싹 비벼 남긴 것 없이 깨끗하게 비우고 나니 아주 뿌듯하다.

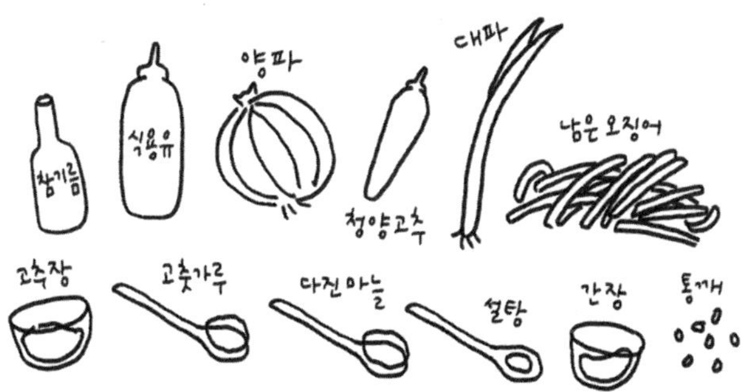

잔인한 장면을 전혀 못 보는 나는 영화관에 잘 안 간다. 조금이라도 잔인한 장면이 나올 것 같으면 벌써 몸을 움츠린 채 귀를 막고 눈을 찌푸리는 바람에 영화 〈킹스맨〉을 볼 땐 러닝 타임 내내 그 모양이었다가 녹초가 되어 간신히 영화관을 걸어 나왔다. 심지어 〈반지의 제왕〉을 처음 봤을 땐 오크들이 쿵쿵거리며 우리 집에 쫓아올 것 같아 잠을 설쳤다.

지금도 그런 내가 고등학교 시절에 일본 군인이 조선의 독립 운동가의 손톱 밑이나 손톱 달을 뾰족한 대나무로 후벼 파는 고문을 했다는 글을 보고 충격을 받은 건 당연하다. 사실 손톱 고문의 잔인함보다 인간의 몸에서 가장 여린 부분을 골라 집중적으로 고문하는 방법을 떠올린 그 시절 일제의 사상이 더 큰 충격이었다. 지금도 종종 어떻게 그런 잔인한 방법을 고안해냈는지 화가 나기도 한다.

오늘은 광복절이다. 모진 고문 끝에 나라를 되찾은 귀하디귀한 날. 일본 총리는 그들의 지난 행적이 자랑스럽기라도 한 듯 야스쿠니 신사에 참배를 했고, 대한민국 대통령은 수많은 날 중에 하필이면 오늘, 광복절에 한일관계 개선을 외쳤다. 수많은 날 중에 하필이면 오늘 말이다.

8 월 16 일 | 화 요일

노란 오이꽃, 호박꽃, 참외 꽃,

토마토 꽃,

하얀 고추 꽃,

보랏빛 가지 꽃, 창포 꽃, 나팔꽃,

붉은 봉숭아 꽃.

서른셋의 8월,

집업실 마당에서 볼 수 있는 색색의 꽃들.

지난번 목포 여행에서 알게 된 사람들과 온라인 독서 모임을 했다. 아래는 오늘 처음 해본 것들.

스쳐갈 뻔한 인연이 술이 아닌 책으로 다시 이어진 경험.
타인과 사뭇 진지하게 책에 대해 떠들어보는 경험.
업무가 아닌 사적인 일로 줌(Zoom)을 쓰는 경험.
민낯에 안경을 쓰고 화상 통화를 하는 경험.
줌에서 배경 바꾸는 법, 스티커 붙이는 법도 알게 됨!

* 베레모는 스티커다.

인스타에 만화를 안 올린 지 3일째. 할 일을 외면한 채 빈둥대고 있는 인간의 모습은 얼마나 한심한가. 와중에도 인스타에 들어가면 부지런히 올라온 다른 작가님들의 만화가 보인다. 휴, 또 나만 한심했지.

8 월 19 일 | 금 요일

맥주 회사 더부스에서 주최하는 숲속 캠프에 왔다. 일일 입장료 69,000원. 개인 텀블러를 지참하면 맛있는 맥주가 무제한에 밴드 공연도 준비돼 있다. 장대비가 쏟아지길래 걱정했는데 사람들은 아랑곳 않고 맥주를 마시고, 밴드 CHS의 라이브 공연에 심취한 채 춤을 춘다. 나는 우비를 입고 몸을 살짝 흔드는 것도 어색한데, 우비도 없이 눈을 감은 채 신나게 팔다리를 흔드는 사람들은 마냥 편해 보인다.

엊그제 독서 모임에서 이야기 나눈 책 《싯다르타》에서 “참선은 내면에서 자아를 뺀 것”이라 할 땐 무슨 말인지 이해가 안 됐는데 눈앞의 사람들을 보니 바로 이해가 된다. 이들이야말로 무아지경이다. 나도 참선을 위해 맥주를 더 마셔야 하나.

8 월 20 일 | 토 요일

32도의 서울. 며니와 찌는 더위에 헉헉 대며 효창공원을 걸었다. '먼데이모닝마켓'이라는 팝업 레스토랑에 도착해 컨벤션 화이트 와인에 아란치니 샐러드를 먹으며 며니가 좋아하는 여름에 대한 이야기를 했다.

나는 에어컨 바람 밑에 선 여름보다
오늘처럼 덥다 덥다 하면서
땀 한번 쭉 흘려주는 게 좋아.
히터 밑에서 따뜻하게 보내는 겨울보다
꽁꽁 싸매고 내복도 입고
춥다 춥다 하면서 보내는게 더 좋아.

가끔 멋진 것만 보여주고 싶다는 생각이 들기도 하지만 난 절대 그럴 수 없는 인간이라는 걸 안다. 허접한 이야기라도 계속 쓰고, 그걸 계속 보여주는 일을 반복하지 않으면 어떤 '감'을 잃어버릴지도 모른다는 막연한 불안감이 내 안에 깊숙이 자리하고 있기 때문이다.

옆집 할머니 할아버지께서 코로나에 걸리신 지 2주가 지난 오늘, 산책길에 보니 할머니 할아버지가 키우시던 엄마 소마저 사라지고 우사가 텅텅 비었다. 병세가 나아지지 않자 소 키우기가 버거우셔서 파신 듯했다.
올해로 일흔여덟이신 옆집 할머니는 우리를 '술친구'라 부른다. 할머니는 내가 아는 모든 사람 중에 주량이 가장 센 소주 주당이다. 소주잔에 술이 차 있는 걸 못 보고 한번에 홀랑 마시길 좋아하시는 할머니는 술을 커피 마시듯 조금씩 마시는 나를 보며 처음엔 몇 번 봐주시다가 나중엔 "고걸 노나 마시네"(그걸 나눠 마시네) 하며 독촉하신다. 그럼 나는 군말 없이 비우고 술을 받는다. 그렇게 꽐라가 되어 할머니 집을 나온 적이 한두 번이 아니다. 심지어 동생은 할머니의 부축을 받으며 집에 돌아오기도 했다.
매번 그렇게 꽐라가 되면서도 할머니 집에 갈 때마다 과음하게 되는 이유는 20년 전 백혈병에 걸렸다 돌아오신 할머니니까, 이후 별안간 눈이 안 보여 큰 수술을 또 받고도 우리를 보며 술친구라 부르는 할머니니까. 그런 할머니가 건강하게 잔을 비우셨으니 젊은 나는 군말 없이 비워야 하는 것이다. 그러니까 할머니한테 코로나쯤은 아무것도 아닐 것이다. 분명 또 나한테 "고걸 노나 마시네" 하시는 날이 올 거다. 그럴 거다.

내 작업실에서 1초 거리의 작은 야채 슈퍼에서 장을 봤다. 이 야채 슈퍼는 손님들 성질이 지랄 맞아서 자기 장보는 데 내가 옆에 가면 콱 무는 데다 야채 진열도 엉망이기 때문에 우비와 장화를 신고 들어가야 한다. 여기는 야채를 씻어 팔지 않고 그냥 심어둔 데서 고객이 직접 하나씩 따야 하기 때문에 비닐 포장은커녕 흔한 카트도 없다.
서비스가 아주 형편없지만 비료도 안 쓰고, 농약도 안 치고, 비닐멀칭도 안 한 야채들이라기에 소쿠리 하나 들고 가서 원하는 만큼 따서 담을 수 있다. 그렇게 가지와 토마토, 노각, 오이, 대파, 달래, 호박, 가지, 청양고추, 아삭이 고추, 미인고추를 0원에 따왔다.

엄마 집에서 콩국수를 먹었다. 콩국수는 정말 간단하고 멋진 음식이다. 시장이나 마트에서 콩물만 사서 삶은 국수를 담은 그릇에 가득 붓고 오이나 토마토 고명만 올리면 된다. 싱거우면 소금을 넣어 먹지만 언젠가 엄마가 콩국수 먹을 땐 쌈장이나 고추장에 알싸한 고추를 찍어 반찬처럼 먹는 게 맛있다고 알려준 뒤론 버릇처럼 소금 대신 고추와 쌈장을 찾게 된다. 뽀얀 국수를 입 안에 가득 넣고 고소함을 음미한 뒤 아삭한 고추를 쌈장에 푹 찍어 먹는다. 진한 콩 국물을 그릇째 들이키면 이만 한 보양이 또 없다.
쓰다 보니 또 먹고 싶다.

8 월 25 일 | 목 요일

UN WFP와의 미팅이 있어 오전 11시 40분 버스를 타고 서울에 갔다. 고속터미널 주변의 소란스런 카페에서 어렵사리 미팅을 끝내고 바람 쐴 겸 반포에서 잠원 쪽으로 한강을 걷다 강 위에 떠 있는 스타벅스를 발견했다. 평일이라 그런지 생각보다 한산하고 조용한 분위기다. 오늘 미팅을 여기서 할 걸 싶었는데 에어컨 바람에 민소매까지 입고 와서 어차피 못 했을 것 같다. 다음엔 여기서 미팅해야지! 대신 겉옷은 꼭 챙기고!

며칠 전이 처서라더니 벌써 아침저녁으로 제법 선선하다. 동생이 새벽반 수영을 위해 5시 즈음 나갈 때 잠깐 일어나 밖을 보니 아직 해뜨기 전이다. 불과 며칠 전만 해도 환했던 시각. 아직 한참 여름 같은데 낮과 밤의 길이가 같은 하지로부터 하루 1분씩 차곡차곡 밤이 쌓여 오늘은 새벽 5시가 제법 어둡다. 그렇게 차곡차곡 쌓인 1분이 동지가 되면 1년 중 가장 어둡고 긴 밤을 만들겠지.

하늘이 바다처럼 파랗다! 볕도, 바람도, 냄새도 너무나 시원하고 좋은 날인데 다음 주에 있을 강의 자료 준비로 마음이 무거워 어디 나갈 엄두가 안 난다. 이럴 땐 아쉬운 대로 잠옷 바람으로 마당에 접이식 상을 펴고 아침상을 차린다. 커피와 빵, 샐러드를 놓고 하늘을 보며 먹는다. 멀리 가지 않더라도 이런 날씨는 어떻게든 즐겨야 해.

심은 적도, 거름을 한 것도 없이 혼자 피고 자라 마당을 향해 쭉쭉 뻗어가던 참외 덩굴. 처서가 지나자마자 잎이 시들더니 열매가 노랗게 익기 시작했다. 참외 철은 지금이구나. 곧 있음 쪽파와 무, 배추를 심을 채비를 해야 해서 노랗게 익은 놈들만 골라내고 덩굴을 정리했다. 더 오래 두면 좋았으려나 하는 마음으로 하나 갈라 보니 세상에나, 씨가 가득한 게 그럴싸한 비주얼이다. 먹어보니 과육도 달다. 아유, 기특해라.

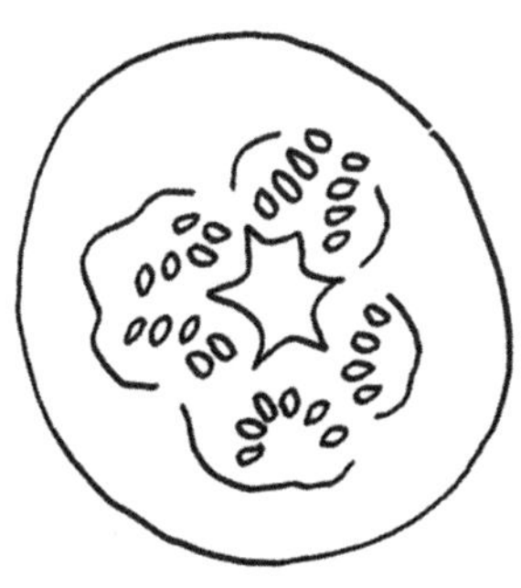

내일 강연을 위해 서울에 왔다. 예전 같았으면 집 전체에서 방 한 칸과 공용 화장실만 쓰는 5만 원짜리 에어비앤비 개인실을 전전했을 텐데 이제는 일이 있을 때 호텔을 찾는 으-른이 되었다. 사실 그 으른은 에어비앤비와 평일 호텔의 가격 차이가 3~4만 원밖에 안 난다는 것을 깨달았을 뿐이다. 어린 시절엔 왜 가보지도 않고 호텔은 무조건 비쌀 거라 생각했는지.

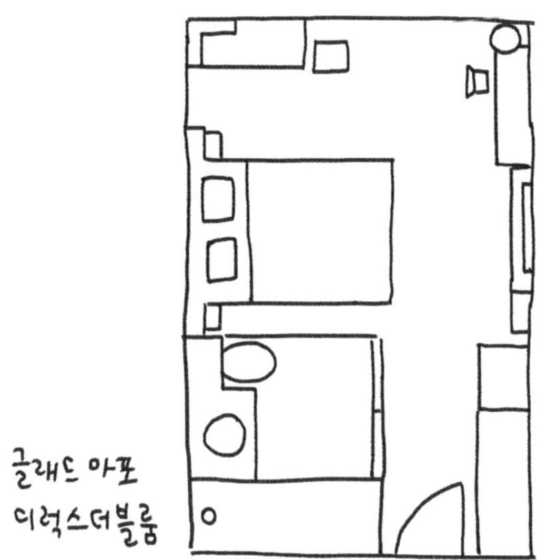

비오는 신촌. 오늘 내일 이틀간 진행되는 디지털 드로잉 특강을 위해 연세대에 갔다. 강연은 무난하게 끝났지만 어쩐지 초라한 마음이 든다. 요새는 일을 끝내고 나면 끝없이 내려가는 자존과 공허가 몰려온다. 그토록 바라던 일을 해내도 나 스스로 마땅히 했어야 하는 게 아니라 그냥 다 턱걸이 같아서. 매번 허덕허덕여서. 아무렇지도 않게 척척 해내고 싶은데, 그 상황 그 시점에 잘 어울리는 사람이 되고 싶은데, 실은 매 순간 아등바등이라서 끝내고 나면 늘 진이 빠지고 공허하다. 그래도, 내일 또 아등바등해야겠지. 아등바등할 수 있을 때 아등바등해야겠지.

딸: 아빠, 이거 김치 조각 하나 남은 거 먹어.

아빠: 그걸 못 먹어? 국물이랑 먹으면 돼지.

딸: 옹심이가 남았으면 먹었을 텐데 배가 너무 불러.

강의를 마치고 숙소 근처에서 옹심이 칼국수를 먹는데 옆자리에 부녀가 앉아 있다. 고등학생으로 보이는 딸의 아주 사소한 말에도 아빠는 놓치지 않고 대답한다. 딸은 아빠의 기분을 살피며 말을 고르기보다 그냥 투정하듯 말을 이어간다. 부녀의 무심한 듯한 대화 속에 서로간의 무한한 애정이 느껴진다.

내가 코로나에 걸려 너무 아팠던 날, 아빠도 걸리지 않게 조심하라고 전화했을 때, 아빠는 아는 사람 장례식에 다녀와서 기분이 좋지 않으니 이만 끊자고 했다. 나는 아빠의 사랑을 늘 혼자서 추측해왔다. 근데 지금 내 옆에 앉은 한 아빠의 사랑은 너무나 선명해서 자꾸 울컥할 것 같다.

9월

어젯밤, 지난번 만들려다가 만 그림책을 만들 동기가 필요하던 차에 우연히 2022 서울퍼블리셔스테이블 참가 신청이 자정에 마감이라는 게시글을 보고 부랴부랴 양식을 갖춰 신청하고 잤다. 분명 어제 신청할 때는 재밌을 것 같더니 오늘은 여러 가지 걱정이 앞선다. 그래도 재밌을 것 같아서 도전한 일들은 후회한 적이 없으니까. 또 아직 참가가 확정된 것도 아니니 일단 저질러놓고, 되면 그때의 나에게 맡기련다.

9 월 2 일 | 금 요일

창고 정리를 하다가 무언가 후두둑 떨어지길래 보니 쪽파 씨다. 맙소사! 그러고 보니 쪽파를 안 심었다! 무도 배추도 얼른 심어야 11월에 김장을 할 텐데 어떡하지! 큰일이다! 하면서 꿈에서 깼다. 영어를 잘하면 꿈도 영어로 꾼다더니 시골살이 5년 차, 이제 시골 사람이 된 게 틀림없다.

퀄리티가 글과 그림의 완성도를 의미한다면 나는 퀄리티 있는 콘텐츠를 만들고 있는 사람이 아니다. 오래전부터 나에게 퀄리티란 글과 그림의 기교와 완성도가 아닌 콘텐츠 안에 담긴 메시지였다. 그 메시지에 진정성이 가득 담길수록 작품의 퀄리티가 높아진다고 생각했다.
문제는 지금의 나는 내가 정의했던 좋은 퀄리티의 콘텐츠도 못 만들고 있다는 거다. 꾸준히 해야 한다는 압박, 돈을 벌어야 한다는 의무, 세상이 좋다고 하는 것들에 휘둘리느라 내 사색과 진심이 담긴 이야기가 사라지고 있었다.

날씨가 선선해지니까 뉴욕에 가고 싶어진다. 10년 전 가을, 태어나 처음 뉴욕으로 떠난 계절이 가까워지고 있는 탓이다. 허세 부리며 커피 한잔 들고 뉴욕 찬 공기도 맡고 싶다. 참고로 이때 커피는 뜨거운 아메리카노가 아니다. 아메리카노의 나라 뉴욕이지만 의외로 국민 커피는 길에서 파는 1달러짜리 설탕과 우유를 넣은, 적당히 따뜻한 싸구려 커피였다.

아쉬운 대로 작은 커피잔에 믹스커피 두 봉을 넣고 물을 넉넉히 넣어 타 먹는다. 믹스커피 박스에 적힌 우유 포함이라는 글자가 조금 찔리긴 하지만, 이 정도로 타협하는 건 괜찮지 않을까…?

태풍 힌남노가 올라오고 있다는 뉴스에 집업실 문단속을 잘해놓고 본가로 왔다. 위험할지도 모르는 상황엔 일단 모여 있자는 게 우리 집 지론이다. 엄마 퇴근 시간에 맞춰 동생은 오징어부추전과 바지락술찜을 만들고 있고, 나는 느린마을 막걸리를 냉동실에 미리 넣어놓고 옆에서 간장을 만든다. 마루는 일찌감치 밥을 먹고 누워 있다.

함께 있으니 그나마 마음이 놓인다. 이제는 지나가는 일만 남았다. 부디 시골 마을의 모든 집이 무탈하길. 강아지들도. 고양이들도. 또 할머니 할아버지가 한 해 동안 애써 가꾼 사과와 벼들도.

조금 이른 감이 있지만 태풍 덕분에 올해 첫 낙엽 쓸기를 했다. 대부분 감나무 잎이다. 쓸 때마다 달달하고 시원한 감 냄새가 난다. 몇 달 전 감나무 새순을 보고 조금 더 크면 따서 감잎차를 만들어 마셔야지 했는데, 벌써 낙엽이 돼서 떨어졌다. 카페인 없고 진하게 우려도 떫지 않아서 작년 겨울에 즐겨 마시던 감잎차. 올해는 별 수 없이 사 먹어야겠네.

9 월 7 일 | 수 요일

코로나와 중풍이 같이 와서 꽤 오랜 시간 병원 신세를 져야 했던 옆집 할아버지는 올 초에 비해 너무 수척해지셨다. 두툼한 옷을 입고 개구리를 잡으러 집 앞 개천의 바위 사이를 거침없이 헤치셨던 할아버지가 오늘은 지팡이를 짚고 천천히 천천히 걸어 소가 없는 우사 앞에 한참을 서 있다 귀가하셨다. 할아버지 할머니가 건강하셨음 좋겠다. 나는 할머니 할아버지 없이 이곳을 살아갈 자신이 없다.

드디어 벼르고 벼르던 배추와 무를 심었다. 두둑을 두둑하게 올려 배추는 크게 한 뼘, 무는 반 뼘 간격으로. 무씨는 작년에 할머니가 일러준 대로 한 구멍에 4개씩 넣었다. 거기서 약속한 듯이 4개의 잎이 올라오면 연약한 놈부터 하나씩 뽑아 먹고 하나만 남겨두는 거다. 그렇게 제일 마지막에 남은 튼튼한 잎이 11월 말쯤 되면 굵은 김장 무가 되어 있겠지? 조만간 할머니 모시고 와서 검사 맡아야겠다. 나 잘했는지 못했는지 물어봐야지!

이웃 어르신들께 추석 선물을 돌리던 중, 김신영 할머니(목소리와 말투가 희극인 김신영 님과 닮아서 그렇게 부르게 되었다) 댁에 들렀는데 언제나 마당을 지키던 노견 복실이가 없다. 집 안에 불도 켜져 있고 TV 소리도 나는데, 마당에서 아무리 할머니를 불러도 대답이 없으시길래 순간 정말 아찔한 생각이 들었다. 조심스럽게 들어가 방문을 여니 할머니랑 복실이랑 폭닥하게 이부자리에 누워 TV를 보고 있었다. 할머니가 맨날 뚱뚱하다고 놀리던 복실이는 내가 예상한 것보다 훨씬 사랑받고 있던 강아지였구나 싶어 자꾸 웃음이 났다. 귀여운 장면이었다.

김치 오차즈케를 해 먹었다. 쌀밥을 한라산 백록담처럼 움푹 파이게 담고, 거기에 다진 김치와 김 가루, 통깨, 참기름 쪼륵 넣은 다음, 가볍게 우려낸 녹차를 가장자리에 부어 천천히 말아 먹는 따뜻한 조식. 이런 국물 음식이 땡기는 걸 보니 제법 서늘해졌구나 싶다.

반쯤 먹다 남은 자투리 사과와 오이,

대추토마토, 방울토마토, 올리브, 다진 샐러리,

소금, 레몬즙, 후추를 뿌리고 샐러드를 만들었다.

만들고 나서 뭔가 부족한 것 같길래 조금 망설이다가

마무리로 아주 얇게 썬 양파를 올렸는데

근사하고 맛있는 채식 샐러드가 완성됐다.

뽀얀 치즈를 뿌린 듯한 비주얼에

양파 특유의 향과 개운함.

원래도 멋진 친구라 생각했지만

오늘 또 이렇게 양파에 감탄하게 되네.

피부가 엉망진창이다. 환절기 때문인지 스트레스 때문인지 사방에 뾰루지가 나고 안색도 어두워 엄마의 오래된 피부 관리 루틴을 따라했는데 한결 개운하다. 정신 못 차리는 피부의 각질과 독소를 싹 정리한 뒤 영양분을 듬뿍 주는 느낌이다. 다음에 또 하려고 적어둔다.

1. 세수를 한다.
2. 오이를 감자칼로 길게 썰어 오이 마사지를 한다.
3. 20분 정도 있다가 가볍게 물세수를 한다.
4. 크림을 얼굴에 두툼하게 바르고 손으로 마사지를 한다.
5. 그동안 젖은 수건을 전자레인지에 2분 돌린다.
6. 살짝 식힌 수건을 얼굴에 올리고 증기를 쐰다.
7. 수건을 잡고 크림을 닦아내는 느낌으로 싹 닦아낸다.
8. 평소 쓰던 스킨 로션을 순서대로 바른다.

피부가 영양분을 쫙쫙 빨아들이는 느낌이 든다.

나흘 전 심은 무씨에서 싹이 텄다! 갓 태어난 여리고 보드라운 떡잎을 바라보다 귀여워서 만질 뻔했다. 순간 "한 뼘 자랄 때까지는 건드리지도 말고 가만히 뒀다가 좀 크면 하나씩 뽑아 먹어" 말하시던 할머니의 말이 생각났길 망정이지.

강아지도 새싹도 갓 태어났을 땐 사람 손이 독인가 보다. 애먼 손 타지 않게 가만히 바라만 봐야지! 이로써 내 작은 텃밭엔 36포기 배추와 40개 무가 자라고 있다. 조그만 친구들이 든든해 죽겠다.

9 월 14 일 | 수 요일

대외비라 광고주가 누군진 말해줄 수 없는데 나와 협업하고 싶어 하는 클라이언트가 있다며 모 대행사에서 문의가 왔다. 벌써 세 번째 문의다. 클라이언트도 모른 채 해야 하는 협업이라 선뜻 회신을 못 하고 있었는데, 세 번째가 되니 정말 간절한 것 같아 답장을 했다. 육류식품 관련 기업이면 못 한다고 혹시 그쪽이냐고 여쭈니 절대 아니고 나의 평소 톤앤매너와 잘 어울리는 곳이라고 해서 일단 알겠다고는 했는데, 잘한 건가 싶다.

그.. 그렇군요..
아 정말 이상한 곳 아닌데!!
거둘 수 없는
의심의 눈빛

불법 촬영과 스토킹으로 재판을 받고 있던 가해자가 피해자를 죽였단 뉴스를 봤다. 부아가 나서 분노와 분개를 참지 못하고 글로 올렸는데 올리고 나니 이런저런 걱정이 떠오른다.
이 글로 인해 나도 그런 범죄의 표적이 될 수 있다는 두려움, 마땅히 분노해야 할 일임에도 불구하고 이런 글을 정치적으로 해석하거나 유난떤다고 생각할 사람들. 어쩌면 그 사람들 중에 있을 미래의 광고주. 무시하고 싶지만 무시가 안 되는 상황과 답답함. '그런 위험한 말은 자제하고 편안하게, 안전하게, 조용히 살자'라는 주변인들의 염려까지.
평소에 자신의 이익과 삶의 평안을 포기해가며 목소리를 내던 사람들은 얼마나 큰 용기를 냈던 걸까 생각해본다.

떨어진 낙엽에 발이 묶여 한참을 못 일어났다.

팔레트로 써도 될 만큼 잎사귀 한 장에

온갖 색이 들어 있는 감나무 낙엽 때문이다.

분명 다 같은 초록이었는데

어떻게 이렇게 잎마다 다르고,

또 그 잎마다 얼마나 많은 색을 품고 있는지!

올해의 낙엽은 감나무 낙엽이다.

최근에 자기계발서를 많이 읽었는데, 오늘 아침 커피를 마시면서 엄마를 보니 멀리 갈 거 없다는 생각이 들었다. 엄마야말로 살아 있는 자기계발서다. 생각해보면 29세에 8,000만 원의 빚을 떠안고 인테리어 사업을 시작해서 홀로 두 딸을 키운 사람 아닌가. 공사판에서 무슨 여자가 이런 델 오냐는 소리를 수없이 들어가면서도 억척스럽게 일하던 그녀는 이제 현장 가면 포스에 눌려 말도 잘 못 거는, 물소리만 들어도 어디서 새는지 아는 대표님이 되었다. 해서 엄마한테 물었다.

"엄마 성공하는 삶을 살려면 어떻게 해야 돼?"

엄마는 지금까지 읽은 자기계발서를 단 두 문장으로 말해주었다.

그렇다면 좀 곤란한데,,
열등감은 있으나 다소 게으른 타입

9 월 18 일 | 일 요일

오늘처럼 아무것도 안 해서 시간만 버린 날에도

천천히 지는 노을을 보고 나면 잘 산 기분이 든다.

9 월 19 일 | 월 요일

태풍의 영향권에서 벗어난 오후,

아빠와 함께 영덕 바다에 왔다.

멀리서 집채만 한 몸집을 불린 파도가

성난 거품을 내며 무서운 기세로 달려오더니

까만 바위와 하늘 높이 부딪친다.

이렇게 성난 파도는 마치 어느 젊은이의 객기 같다.

파도가 독을 잔뜩 품고 제 몸 다 부서지도록 부딪쳐도

눈 깜짝하지 않는 큰 바위는 세상 같고.

볕 좋은 가을이지만 일찍이 수면바지를 개시했다. 길거리에서 한 장에 7~8천 원에 파는 그 보들보들한 수면바지. 북향의 집업실은 해가 들지 않아 일에 집중하긴 좋지만, 이렇게 서늘한 계절이 오면 집 밖보다 집 안이 더 춥다. 이럴 때 안 입은 것처럼 편안하고 보온성 좋은 수면바지는 잠옷보다 생활복으로 제격이다. 그렇게 하루 종일 입고서 막상 잠자리에 들 때면 수면바지 대신 얇은 면으로 된 바지를 찾게 된다. 어쩌다 '수면바지'라는 이름으로 불리게 된 건지 모르겠지만, 통기성이 좋지 않아 나에겐 잠옷으로 입기엔 별로다.

9 월 21 일 | 수 요일

시간 가는 걸 보면 정말 기가 막힌다. 한 것도 없는데 벌써 올해가 3개월 남짓이다. 이대로 올해를 망칠 순 없다. 흘러가는 대로 살 순 없다. 하늘 한 번 더 보고, 바람 냄새 더 맡자. 오래전부터 하고 싶었던 일, 한번쯤 해보고 싶었던 일도 가볍게 시도하자. 결과가 어떻게 되든 주눅 들지 말고 그냥 하자. 결과보다 경험치에 더 큰 의미를 두자. 잘해내는 것보다 중요한 건 해봤냐 안 해봤냐다.

올해의 경험부자, 귀찮!
2022

9 월 22 일 | 목 요일

주변 지인들과 가끔 쓸데없이 진지한 대화를 나눌 때가 있는데, 바로 작은 가게를 차리는 이야기다. 비빔면에 소주처럼 얄궂은 안주를 얄궂은 가격에 파는 술집, 새벽에만 열어 커피와 빵, 신문을 파는 카페 등 수많은 가게가 우리의 대화 속에서 세워지고 무너졌다. 시작은 장밋빛이었는데 구체적으로 계획을 세우려고 하면 월세와 인테리어, 최소 매출과 같은 현실적인 문제와 부딪치며 흙빛으로 끝날 수밖에 없었다.

다가올 만추엔 그 상상을 조그맣게 실현해볼 수 있겠다. 독립출판물 마켓인 퍼블리셔스테이블에서 참여 확정 메일이 왔기 때문이다. 고작 3일인데도 진짜 하려고 하니 암담함이 앞서지만, 상상해왔던 것이니 가볍게 재밌게! 해보자!

9 월 23 일 | 금 요일

4월 초 보얀 벚꽃 터널이 만들어졌던 산양교 옆 금천에 왔다. 이제는 바짝 마른 벚나무 낙엽 덕분에 걸을 때마다 바스락 바스락 소리가 난다. 네 계절이 1년을 사이좋게 나눠 가졌으면 좋았을 텐데, 지난 다섯 달 속에 봄 여름 가을이 다 있었구나 싶어 아쉽다. 오늘은 추분. 내일부턴 매일 1분씩 겨울에 가까워질 테지.

*추분: 낮과 밤의 길이가 같아지는 날.

며칠 전 클라이언트의 정체를 꽁꽁 숨기던 대행사에서 정체를 밝혔는데, 무려 방탄소년단과 콜라보를 한 '쿠키런 킹덤'이었다. 세상에, 오늘까지 살아 있길 잘했다!

문경 야구장에서 이목들로 이어지는 긴 공원. 붉게 물든 강아지풀과 촘촘하게 핀 쑥부쟁이, 보랏빛 벌개미취를 보며 6,500보를 걷는 동안 한 사람도 안 마주치고 마루와 자유롭게 걸었다. 가까운 거리의 삼강주막에 잔치국수와 배추전을 먹으러 오니 여긴 또 사람들이 바글바글하다.

배추벌레는 한번 들어가면 배추 속을 다 파먹기 때문에 대부분 농약을 친다. 무농약 노비료 노비닐멸칭을 고수하는 귀찮 텃밭은 빼고! 지난번엔 나무젓가락으로 하나하나 잡곤 했는데(정말 해도 해도 징그러움이 익숙해지지 않는 일이었다) 올해마저 그렇게 비효율적으로 싸울 수 없어 농약 대신 희석한 식초물을 뿌려주었다. 당분간 매주 월요일은 식초 약을 뿌려주는 날로 정한다!

산책길에 보이는 모든 과실이 통통하다. 더 이상 익을 곳 없이 빨갛게 익은 사과와 알알이 쌀이 맺힌 누런 벼, 땡땡하게 잘 익은 감까지. 여름내 충실했던 친구들은 이제 담담하게 수확을 기다릴 것이다.

강연은 늘 하고 나면 초라해지는 일이다. 모객을 하는 초라함, 사람들 앞에서 나 혼자 떠드는 초라함, 혼자 남았을 때의 초라함, 몰려오는 자기비하의 초라함…. 물론 좋은 순간도 있다. 밤을 새워 흐릿한 생각을 다듬는 몰입의 순간, 내 마음이 청자의 마음에 가 닿아 반짝이는 눈으로 마주하는 순간은 그렇다.

문제는 그렇게 충만한 마음으로 끝낸 강의도 끝나면 이상하게 애가 닳는다는 거다. 그래서 하기 싫지만 한켠엔 계속 해야 한다는 강박이 있다. 하기 싫다고 도망가면 결국 해왔던 만큼도 잃어버리게 되니까.

9 월 29 일 | 목 요일

길가에 버려진 사과를 보았다. 약간의 흠집이 있지만 서울 친구들이 본다면 깜짝 놀랄 정도로 멀쩡한 사과들이 산더미다. 이 광경을 올해만 보는 게 아니다. 매년 이맘때 특정 과수원 주변의 산이나 개천에선 이렇게 버려진 사과 덕에 시큼한 냄새가 풍긴다. 마을 어르신께 여쭈니 흠집 나거나 탄저병 걸린 사과는 돈이 안 돼 버린다고 하신다. 도려내고 사과즙으로 만들어도 되지만 일일이 도려낼 일손이 없으니 버릴 수밖에 없다고.

사람이 없는 시골, 몇백 평의 사과 농사를 한두 분이서 짓는 과수원이 태반이란 걸 잘 알고 있기에 고개가 절로 끄덕여지지만 멀쩡한 사과들을 보니 마음이 좋진 않다. 작은 흠 때문에 이렇게 버려질 사과를 위해 얼마나 많은 비료와 퇴비, 물과 농약이 사용되었을까? 얼마나 풍요로우면 먹을 수 있는 사과를 버릴 수밖에 없는 걸까?

생각해보면 사과뿐만 아니라 모든 게 풍요로운 시대다. 끼니를 해결하는 게 아니라 뭘 먹을지를 고민한다. 어떻게 몸을 보호할지를 떠올리는 게 아니라 뭘 입을지 고민한다. 여기저기 필요가 아니라 풍요가 넘쳐흐른다. 이미 충분한데도 부족함에만 꽂힌다. 나는 운 좋게도 그 황금 시기에 태어나 이 풍요를 당연하게 누려왔다. 아이러니하게도 그래서 더욱 얼마 남지 않았다는 생각이 든다. 너무 행복하면 불행이 머지않았음을 직감하게 되는 것처럼.

인류의 르네상스 시대를 지나고 있는 걸까..

9 월 30 일 | 금 요일

올 것이 와버렸다! 배추 속에 배추벌레 똥이 보인다. 반이나 구멍 뚫린 이파리도 보인다. 이렇게 된 이상 예방과 살충 효과를 겸비한 마요네즈를 희석한 물로 잎 앞뒤로 꼼꼼히 뿌려 잎을 코팅해주는 수밖에. 이러면 벌레가 잎을 파먹지 못하고 붙어 있던 벌레는 기름막에 질식사하게 된다. 농약에 비하면 천연 제충제인 것이다. 적고 보니 마치 10년 차 농부의 말 같은데, 나의 텃밭 농사 교과서인 농촌진흥청의 《농사로》에 적혀 있던 내용이다.

10월 이후

월요일까지 이어지는 연휴를 맞이해 마을이 모처럼 활기차다. 몇십 년 전만 해도 여기 이 시골 마을 집집마다 어른이 있고, 부모가 있고, 아이도 있었다고 한다. 한 집에 예닐곱 식구가 복닥복닥하게 살던 큰 집을 이제 홀로 지키고 계신 할머니는 간만에 찾아온 자식들이 얼마나 반가울까. 집 앞에 자식들의 차가 줄서고, 담장 넘어 맛있는 냄새가 나는 걸 보니 일면식 없는 나조차 반가운 맘이 든다.

갓 딴 사과에선 나무 맛이 난다.

사과 특유의 달달함에

숙성되지 않은 신선한 맛이 합쳐졌달까?

돌아서면 과수원이 있는 마을에서만 느낄 수 있는

호사스러운 맛.

참~ 가을다운 맛.

어떤 날은 막막함과 불안함이 몰려온다.

그런 날엔 지나가는 사람들을 보며

어떻게 그렇게 다들 아무렇지도 않게 지낼 수 있는지,

어떻게 다들 괜찮은 척하고 사는 건지 궁금하다.

한 구멍에 4개씩 자라던 무가 벌써 한 뼘도 넘게 자랐다. 마침 아침에 따뜻한 가을비가 내려 땅이 고슬고슬하길래 하나씩만 남겨두고 다 뽑았다. 큰 소쿠리 하나 가득 뽑은 열무를 소금에 절여 하얀 물김치로 담그니 반찬통으로 두 통이 나온다. 내일 엄마한테 한 통 갖다 줘야지!

언젠가 열무를 여름 무라고 생각했었는데

알고 보니 여린 무가 열무였다.

며칠 전 스토킹 가해자 살인 사건에 분노한 글이 연이 되어 국제앰네스티에서 협업 문의가 왔다. 지난 5월 반달책방에서 산 동화책 《우산을 쓰지 않는 시란 씨》를 계기로 관심 갖게 된 인권단체인데, 이렇게 연이 되어 기쁘다. 돌이켜보면 우크라이나와 미얀마의 평화를 바라며 그린 그림을 계기로 UN WFP와, 평소에 덕질하던 일상 만화 덕분에 쿠키런 킹덤과 방탄 콜라보 홍보도 하게 되었다. 과거의 내 관심사가 오늘의 일로써 돌아오게 된 것이다. 더 많은 관심을 좇지 말고 어디에 관심을 둘 것인지를 생각하자. 어디에 관심을 가진 사람이 될 것인가에 몰두하자.

보일러 기름을 넣고 속이 쓰리다. 자그마치 96만 원이다. 작년 이맘때 46만 원 쓴 걸 감안하면 두 배 이상 오른 것이다. 실제로 그땐 등유가 리터당 800원이었는데 올해는 1,600원이다.

빌 게이츠의 책 《기후 재앙을 피하는 법》에는 석유 값이 탄산음료보다 싼 것도 탄소 배출의 주 원인이라고 했다. 등유 값이 비로소 제자리를 찾은 거라며 위안을 삼아야 하는 걸까. 비싸져서 아껴 쓰는 게 아니라 원래 아껴 써야 했다. 올해부턴 내복을 더 껴입자!

온 가족이 코엑스 입구에 서서 내가 나오는 전광판을 바라보고 있다. 하고 싶은 영역과 잘하는 영역의 가속도는 다르다는 걸 느낀다. 그림과 글을 쓸 때 나는 가속도라는 걸 느껴본 적이 없다. 아무리 그리고 써도, 아무리 속력을 내도 늘 천천히 가는 느낌이다. 반면 강연이나 강의의 경우는 내가 조금만 속력을 내면 가속도가 훅 붙는 느낌이다. 지금 내 눈앞에 보이는 건 그런 가속도의 결정체다.

나는 이런 곳에 얼굴이 나올 정도로 묵묵히 페달을 밟지 않았다. 그래서 떳떳하지 못하다. 어쩌면 이 광고 촬영하던 날 '난 이런 곳에 어울리지 않아요'를 말하던 내 행동에 이미 답이 있었는지도 모른다. 이런 가속도에도 떳떳하려면 더 꾸준히 더 부지런히 페달을 밟아야 한다.

요즘 하는 일의 공통점은 '귀찮'이라는 캐릭터를 믿어주신 분들이 맡긴 일이라는 거다. 구독자 수나 인지도로는 어림도 없을 일들이 맡겨진 이유는 '귀찮'을 통해 더 좋은 메시지로 표현될 수 있다는 믿음 아닐까? 예전 같으면 꿈만 꿨을 귀한 기회들이다. 주어진 일 하나하나에 마음과 고민과 시간을 쏟아 붓자. 그 모든 일들을 반짝여주자.

가을비가 그친 쌀쌀한 주말, 모처럼 놀러 나와도 실내에 들어갈 수 없는 애견 가족은 테라스석이 있는 식당에서 추위를 견디며 밥을 먹는다. 원래는 그게 참 서러웠는데 언제부턴가 그게 더 좋아졌다. 경험이 입체적일수록 기억에 오래 남는다더니 안락한 실내 식사보다 고생스런 야외에서의 식사가 훨씬 선명한 추억으로 남기 때문이다.

오늘도 날은 추운데 매운탕은 따뜻하다. 차가운 멍게비빔밥에 소주 조합은 유난히 달달하다. 오들오들 떨며 오고가는 대화가 웃기고 즐겁다. 마루 덕분에 삶의 감각이 전보다 훨씬 또렷해진다.

사실 난 고집불통이다. 허구한 날 여기저기 휘둘리고 흔들리긴 하지만 중요한 순간엔 늘 내 고집을 꺾지 않았다. 그래서 뼈아픈 후회를 한 적도 숱하게 많지만 그럼에도 고집 피우는 이유는 그 고집이 나를 움직이게 하니까. 나한테 틀렸다고 하지 말라고 하는 사람들에게 이게 맞다는 걸 보여주려면 뭐라도 해야 하니까. 내 고집이 땡깡이 아니었음을 증명해야 하니까 더 열심히 움직이며 이 똥고집을 감당한다. 덕분에 숨 막히고, 남 탓도 못 하고, 맨날 내 탓 하고 자존감 바닥 찍는 것도 일상이지만, 그러고 한번 성공하면 또 고집을 부리게 된다. 고집 부려서 성취하는 것만큼 내 자존에 도움되는 일도 없으니까.

나 새끼! 해냈어 결국!
내 감각!
틀리지 않았숴!
역쉬!
짜릿!
희열!

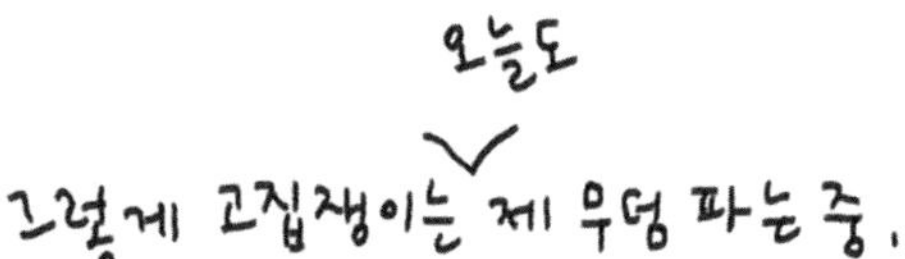
오늘도
그렇게 고집쟁이는 제 무덤 파는 중..

어휴 내가 미쳐찌..

그냥 꾸준히 하면 되는데!

왜 상처받고 포기했었을까?

볕이 좋아 나선 산책길에 만난 양지마 할머니께서 집에서 커피 한잔 하라고 하시더니 귀한 홍시와 솥에 찐 고사리, 취나물을 턱턱 내어주신다.
염치없이 받아 들고 나가다 마당에서 목화솜을 보고 "할머니, 이거 목화예요?" 여쭈니 "이거 가이가서(가져가서) 설날 지나고 심어. 꽃이 하양 꽃도 피고 주황 꽃도 피고, 분홍색도 피고 아주 예뻐" 하시며 씨를 골라 쥐어주신다. 이어 문익점 씨가 중국에 들킬까 봐 몰래 붓 대롱에 목화씨 3개를 숨겨 왔다는 이야기를 해주시는 내내 '문익점 씨'라고 하는 게 왜 이리 생소하고 재밌게 들리는지!

그러고 보니 문익점 씨, 이름이 되게 예쁘셨네요.

덕질하면서 돈 버는 기분이란 이런 걸까? 하루 종일 방탄 노래에 맞춰 쿠키런 게임을 하고 있다. 사실 아무리 좋아하는 방탄이래도 돈 받고 일로 하면 싫어지진 않을까 눈곱만큼 걱정했는데, 완벽한 오산이었다.

10 월 14 일 | 금 요일

초록빛은 코빼기도 찾을 수 없이 온 논이 노랗다. 모든 논이 나락 벨 준비를 하고 있다. 콤바인이 들어갈 자리에 난 벼만 미리 낫으로 쳐놓으면 아무리 큰 논의 벼도 금세 나락이 된다. 어떤 논은 벌써 헐빈해졌다.

날이 서늘해지고 이렇게 한 해의 농사가 끝난다고 생각하면 아쉽지만, 배추와 무는 이제야 제대로 된 초록빛을 뽐낸다. 배추와 무 농사가 끝나는 11월엔 추운 겨울에 자라는 마늘과 삼동초 씨가 뿌리를 내리며 자란다. 그렇게 뿌리 내린 마늘과 삼동초는 2월 즈음 어떤 작물보다 빠르게 초록 잎을 틔우겠지. 모든 게 저무는 계절인데 이제야 피는 작물이 있다는 사실이 위로가 된다.

10 월 15 일 | 토 요일

인디자인을 켜고 그림책 편집을 하고 있다. 오랜만에 하려니 메뉴도, 단축키 하나도 기억나는 게 없어 하나하나 찾으면서 하다 보니 시간은 좀 걸렸지만 금세 예전의 감각이 돌아왔다. 계속하지 않으면 완전히 잃어버릴 줄 알았는데 남아 있었구나.

10 월 16 일 | 일 요일

한 단어를 계속 보고 있으면 그 의미는 사라지고 글자의 형태만 남을 때가 있다. 독립 출판할 책을 편집하고 있는 내 상태가 그렇다. 맘에 안 들어서 몇 번을 갈아엎으며 계속 보다 보니 이게 좋은지 안 좋은지, 이걸 책으로 만들어도 되는지 모르겠다.

10 월 17 일 | 월 요일

평소에 슥삭! 하며 그리던 선도, 별달리 할 게 없는 단순한 채색조차 잘 안 그려지는 날이 있다. 마치 꿈속에서 달리기를 하는 것처럼 한 선 한 선 답답하게, 어렵게 그리는 느낌.

친구를 기다리며 오랜만에 대형서점에 갔다. 베스트셀러 매대에 서서 몇 권의 책을 꺼내 본다. 창피하지만 책의 내용보다 맨 뒷장을 펼쳐 몇 쇄가 찍혔는지를 먼저 볼 때가 많다.
3년 전, 처음 책을 내며 편집자님이 몇 쇄를 찍고 싶냐고 물었을 때 5쇄라고 대답했었다. 그 5쇄는 내가 쓴 글과 그림에 기반한 숫자가 아니었다. 당시 인스타와 네이버 포스트를 합쳐 8만 명 정도의 구독자가 있었기에 자체 홍보와 출판사의 마케팅 지원, 시대의 흐름과 맞으면 적어도 5쇄 정도는 팔릴 거라 생각한 것이다. 참 안일한 생각이었고 보기 좋게 틀렸다. 그럼에도 그 안일함을 오랜 시간 외면하며 "책은 사양 산업이야", "역시 책으로 돈 벌기는 어려워"라고 합리화했다. 그런데 지금 내 눈앞에 이토록 책으로 돈 벌기 어려운 시대에도 잘 팔리는 책들과 마주하며 면전에서 부정당하고 있으니 자꾸 맨 뒷장을 펼쳐 재차 확인하게 되는 것이다.
그래, 이렇게 뜨끔할 정도로 여러 번 확인했으니 이제 마땅히 마주해야 할 것과 마주하자. 세상에 팔리는 모든 것이 그렇듯 책 역시 정직하게 팔린다. 인지도, 마케팅, 시대의 흐름은 우선 그 책이 담고 있는 내용의 퀄리티가 충족된 다음의 이야기다. 그러니 우선 내가 책에 들이고 있는 마음과 시간에 정직하자. 지금 내가 쓰고 있는 이 글에 충실하자.

Best Seller

어제는 자존감 지킴이 귀찮 이모티콘의 오픈 날이었다. 카카오 이모티콘 스튜디오는 판매 다음 날부터 순위를 확인할 수 있는데 지난번에는 첫날 전체 순위 27위, 30대 순위 3위를 했던 귀찮티콘이 이번엔 전체 순위 31위, 30대 순위 13위를 했다.

첫 번째 이모티콘에 비해 그림체도 훨씬 안정적으로 변했고, 콘셉트도 명확하고, 심지어 움직이는 이모티콘이라 당연히 더 잘 팔릴 거라 예상했는데 완벽하게 틀렸다. 허탈하고 속상한 마음을 감출 순 없다. 성적표는 아쉽지만 오랜 시간 매일 몇민 원이라도 나오는 수입원을 하나 더 늘린 거에 기특해하자. 누구 말마따나 인터넷 세상에 내 작은 건물을 세운 거나 마찬가지니까. 앞으로도 계속 이런 귀여운 건물을 세워가는 거다.

누구야! 누가 그랬어!
괜차나? 안 다쳐써?
마니 힘드러찌..?
있자나
넌잘될거고잘할거야
난 널 믿어!
네가 최고인 거
우리 존재 화이팅!
넵!
해내고 만다!
당장 진행시켜!
죠와 가는거야!!
OK

간밤에 서리가 내렸다. 외투를 걸쳐 입고 산책을 나서니 어르신들께서 푸른 이파리를 사방으로 펼쳐대며 위용을 뽐내던 배추를 야무지게 묶어두셨다. 뒷산엔 주렁주렁 달린 감 무게를 이기지 못하고 부러진 나뭇가지도 보인다. 조그만 싹이 막 피어날 땐 어찌됐든 살아남아 제 빛을 영롱히 뽐을 수 있길 바랐는데 몸집이 커지고 과실이 달리고 나면, 그 과실을 감당하기 위해 보이는 성장을 멈추고 속을 채워야 하나 보다.

고민 끝에 그림책 종이를 골랐다. 뭔가 특별한 걸 해보려고 했으나 결국 무난한 선택이다. 이어 PDF에 글꼴이 잘 포함되었는지, 도련과 여백, 세네카도 열두 번쯤 확인하고, 책 사이즈, 종이 재질, 무게, 인쇄 방식을 열세 번쯤 확인하며 샘플 주문을 넣으니 눈알이 빠질 것 같다.

마당에서 마루 산책을 준비하고 있으니 옆집 할머니가 담장 너머로 말을 건네신다. 며칠 전 할아버지도 그렇고, 두 분 모두 안색도 기력도 훨씬 좋아지셨다. 안부를 여쭈니 죽을 뻔했는데 이제 싹 나아서 술도 한잔 하셨다고 하신다. 할머니는 전처럼 건강해지셨고, 할아버지는 완벽하게 낫진 않았지만 그래도 소주 한 잔 정도는 드신다고 한다. 곧 있음 코로나로 한참이나 문을 닫았던 마을회관도 다시 문을 연다는 소식도 전해주셨다. 가서 놀음하고 술도 한잔씩 하실 거라고 하신다.
모처럼 만의 기쁜 소식에 다음 주에 할머니와 소주 약속을 하고 돌아서니 '아차!' 싶다. 생각해보니 나와 내 동생은 할머니 할아버지랑 술 마셨을 때 제정신으로 돌아온 적이 없다.

수원으로 오프라인 독서 모임을 가는 길. 지방에서 서울 가는 버스는 30분마다 있지만 지방과 지방을 잇는 버스는 잘 없다. 점촌터미널에서 수원으로 가는 버스는 하루에 딱 두 대. 아침 8시 첫차를 타고 가서 다음 차이자 막차인 6시 차를 타고 내려온다. 서울도 수원도 여기서 고작 두 시간 거린데. 차별은 이렇게 심하다.

10 월 24 일 | 월 요일

재즈를 들으며 산책을 하다 보니 동여맨 배추들이 마치 머리를 멋지게 올려 묶은 재즈 가수와 댄서들 같다.

10 월 25 일 | 화 요일

이파리 하나가 감당 못 할 정도로 큰 어르신들의 배추에 비하면 우리 집 배추는 아직 아가다. 그런데 그 조그만 우리 집 배추도 결구를 시작했다. 속을 채우기 위해 이파리들이 안쪽으로 오므라드는 것이다. 참나, 조그만 것들이 같잖고 기특하다.

할머니가 지나가는 말로 배추가 어릴 때 물을 자주 주면 뿌리가 썩을 수 있어 일주일에 한 번만 주면 되지만, 이렇게 속이 찰 땐 물을 자주 줘야 알차게 찬단 말이 떠올라 흠뻑 뿌려줬다. 겉으로 티는 안 나도 속을 채우려면 많이 먹어야겠지! 그럼 나도 밥을 든든히 먹어야겠다!

몇 번을 고쳐도 계속되는 책 샘플의 처참함에 좌절하고 있다. 표지 컬러, 종이 두께, 제본 방식 뭐 하나 예상대로 쉽게 넘어가는 게 없다. 매번 샘플을 받아볼 때마다 이걸 하겠다고 몇 그루의 나무를 벤 건지, 이게 그럴 만한 글이고 그럴 만한 일인지, 괜한 짓을 한 건지 끊임없이 내 자신을 추궁하게 된다. 나달나달해진 정신줄을 붙잡는 것도 버거운데 극심한 안구건조증과 허리 통증까지 더해져 몸도 마음도 처참하다. 이토록 어려운 일을 그렇게 가벼운 마음으로 덤비다니. 과거의 나야, 왜 그랬니?

2주 전, 정확히는 10월 12일. 술 마시고 즉흥적으로 그린 만화가 인스타그램의 알고리즘을 타고 '좋아요' 1만 6천 개를 넘어 아직도 1분에 한 번씩 좋아요가 눌리고 있다. 술이 만드는 솔직함과 즉흥성의 힘일까? 역시 난 술이 있어야 하는 타입인가? 술 먹고 그린 그림이라는 제목으로 책을 엮을까?

아트북 페어 '언리미티드 에디션'에 다녀왔다. 한 창작자가 만든 여러 책을 보고 있으니 겹겹이 쌓아올린 레이어처럼 차곡차곡 쌓아올린 과정이 한눈에 보였다.
팔리는 책에 대한 고민을 많이 하던 차에 이런 광경을 보니 설령 책이 팔리지 않더라도 한 장 한 장 쌓아올린 그 과정 자체가 이토록 큰 의미를 가질 수 있구나 싶다. 오늘 이 글도, 이 글이 모여 나올 책도 그런 과정 속의 레이어라고 생각하니 마음이 조금 더 단단해진다.

10 월 29 일 | 토 요일

UN WFP와 작업했던 콘텐츠의 영문 버전 작업을 하고 있다. 내가 쓴 글의 번역본을 만화에 적절하게 배치하는 작업이다. 담당자님이 '무뎌진 마음'이란 표현을 좋아해주셨는데 하나하나 읽으면서 배치하다 보니 그런 사소한 표현들도 잘 느껴지도록 고민하며 번역해주신 게 느껴진다. 내가 쓴 글이 고스란히 다른 언어로 바뀌는 것, 사소한 단어까지 챙김받는 기분. 귀하다.

Fill this heart
With your warm attention,
Instead of an empty apathy.

10 월 30 일 | 일 요일

그게 나이지 않을 수 있었을까.

친구들과 놀러갔다가 인파에 섞이지 않을 수,

일하러 갔다가 몸의 일부가 기계에 끼이지 않을 수,

지하철 화장실을 간 사이, 흉기를 든 누군가가

따라오지 않을 수 있었을까.

나라고 피할 수 있었을까.

* 2022년 10월 29일 이태원 참사

"거기에 왜 있었냐?"

"왜 제때 출동하지 못했냐?"

상황에 노출된 사람들이 바깥에서 싸우는 동안 그런 시스템을 만든 안쪽 사람은 안도의 한숨을 쉴 것이다. '아, 사람들이 나를 지목하지 않아서 다행이다…!' 그렇게 제빵 공장에서 사람이 죽어가는 순간에도 신고는커녕 30분 동안 훈계를 하고 그날 밤 아무 일 없다는 듯 공장을 가동해도 책임지는 사람은 바깥에서 노출된 사람, 30분 동안 훈계한 노동자와 공장을 가동시킨 노동자겠지. 당연히 그들에게도 잘못이 있지만 보다 근본적인 문제는 그렇게 훈계를 하고 사람이 죽은 곳에서 버젓이 공장을 가동하게 한 시스템의 문제. 경찰이 그리 많은 전화를 받고도 제때 출동하지 못하게 한 시스템의 문제. 신당역 화장실에서 사람이 죽어나가도록 스토킹범을 방치한 시스템의 문제. 결국 그런 시스템을 기획한 사람의 문제 아닐까? 세월호가 가라앉을 때 해경이 출동했음에도 눈앞에서 가라앉는 배를 지켜볼 수밖에 없게 만든 시스템의 문제였지 해경의 잘못이었던가?

그들은 이번에도 노출된 사람들에게만 책임을 묻고 그 사이 사람들의 분노가 가라앉기만을 기다릴 것이다. 지난한 재판 과정을 통해 그저 남 일이 되길 바랄 것이다. 하지만 잊지 않을 것이다. 좁은 골목에 사람이 많이 모여서, 한 노동자의 실수로, 운이 나빠 스토킹범에 걸린 '사고'가 아니라 충분히 예방할 수 있었던 '참사'이기 때문에. 그들이 원하는 대로 아무 일도 없었던 것처럼 잊어주지 않을 것이다. 몇 번을 이야기하고 쓰고 그릴 것이다.

'휴, 다행이다..!'

몸을 움직이지 않고 가만히 있으면
아무 생각 없이 하루가 흘러간다.
생각하기 위해 몸을 움직이자!

바짝 마른 낙엽을 밟았다. 바스락 바스락 재밌는 소리를 내며 형태 그대로 납작하게 부서져 가루가 되었다. 여름내 그렇게 스스로를 빛내고도 남기는 것 없이 돌아간 잎사귀를 보니 집업실에 빼곡하게 꽂힌 책이나 옷장 가득한 옷가지들이 떠올랐다. 내가 반짝이고 싶어서 버려도 사라지지 않는 것들을 한껏 쌓아두고 있었구나 싶었다.

이 프로젝트가 시작된 지도 어느덧 1년이 다 되어간다.
돌이켜보면 매일매일 속엔 정말 신기하게도 꼭 하루치 발견할 것들이 있었다. 그리고 그 발견은 자주 과거의 나와 이어졌다. 지금 보니 애초에 과거의 나와 공통점이 있었기에 발견되었던 것 같기도 하다. 덕분에 오늘을 발견하다 보면 잊고 있던 과거의 기억까지 함께 꺼내어 볼 수 있었다.
그렇게 매일을 기록하다 보니 어느새 그 작은 하루 속에 그 어떤 글보다 충실히 나를 담을 수 있게 되었다. 주제나 콘셉트도 없이 어제는 울었다, 오늘은 화내고, 내일은 웃는, 일관성 없는 하루들이 모여 '나'라는 일관성이 만들어졌다. 고작 1년을 기록했는데 이제 보니 그 속엔 수년의 내가 있다.

365

배추에 물을 주고 있으니 마을회관 쪽에서 아날로그한 산불 방지 안내 방송이 들려온다. 경각심을 갖고 들어야 하는데 멘트의 과격함에 들을 때마다 괜히 웃게 되는 방송이다.

11 월 5 일 | 토 요일

날이 추우면 차나 커피로는 몸을 온전히 덥힐 수 없다.
뜨끈하고 든든한 국이나 죽을 먹어야 한다.
고로 오늘은 김치죽이다.

물 2컵에 버섯 감치미 반 봉, 밥 한 공기.
자른 김치 크게 세 숟갈 넣고 끓이다
김 가루로 마무리하면 끝.
콩나물이 있었더라면 좀 더 개운하겠지만
오늘은 오래 끓여 푹 퍼진
김치죽을 먹는 것만으로도 충분하다.

집업실 앞에 있는 작은 밭을 고르고 삼동초 씨를 뿌린 다음 물을 흠뻑 주었다. 달력을 보니 어느덧 내일이면 입동. 혹시나 싶어 할머니한테 전화로 물어보니 때를 놓쳤다고 한다. 지난달에 심었다면 지금쯤 싹이 트고 뿌리를 내려 겨울을 날 수 있지만 지금은 날이 추워 얼어 죽을 거라고. 내년 봄 유채를 못 본단 소식에 실망한 내 목소리에 할머니는 이렇게 덧붙이셨다.

"내년 초에 안 나면 늦게라도 나여. 그냥 둬."

어느덧 마지막 페이지다. 나는 언제나 당장을 바랐다. 내가 하는 모든 일이 당장 성공하길, 오늘 심었으니 내일모레 싹이 트고 하루가 다르게 자라길 바랐다. 그렇지 않으면 실패라 여겼다.
하지만 이 작은 삼동초조차 때가 맞아야 싹이 튼다. 지금의 나는 어느 계절을 지나고 있을까? 모르겠다. 그래서 어쩌면 이번 책이 때를 놓친 삼동초 씨가 될 수도 있겠다. 그래도 실패라 여기지 말자. 할머니 말처럼 계절은 돌고 도니까. 지금 안 나면 늦게라도 날 것이다. 그때까지 낙담하지 말고 실망하지 않고 계속, 그리고 쓰자.

에필로그

무언가를 창작하는 일 앞에서
조금이나마 자신할 수 있는 게 있다면
그건 잘 쓰고 잘 그리겠단 말이 아니라,
부족해도 꾸준히 해보겠다는,
그럼에도 매일 쓰고 그리겠다는 말이었습니다.
이 책은 그렇게 시작되었습니다.

그리고 얼마 안 돼 바로 후회했습니다. 긴 호흡의 소설을 쓰는 것도, 암담한 분량의 웹툰을 그리는 것도 아닌 고작 글 한 줄 쓰고 그림 한 컷 그리는 게 뭐가 대수냐며 시작한 일이었는데, 정말 단 한 글자도 못 쓸 것 같은 날이 많았습니다. 그래도 매일 그리고 썼습니다. 이제 와 고백하건대 '좀 쉬다가 일주일 치를 한 번에 몰아 쓸 수도 있지 않을까?' 하는 안일한 생각을 한 적도 있습니다. 하지만 막상 해보니 그게 안 되더라고요.

오늘을 가만히 들여다보면 분명 어제와 다른 구석이 있지만 기록할 작정 없이 보낸 보통의 하루는 매일이 비슷비슷하게 느껴졌습니다. 뭐라도 쓰지 않고 하루가 지나면 오늘은 그저 어제와 똑같은 하루가 되었죠. 그래서 매일 뭐라도 쓰고 그렸습니다. 완벽하게 쓴 건 아닙니다. 단서 같은 문장과 스케치를 휘갈긴 다음 며칠 뒤 다듬은 적도 많지요. 그렇게라도 안 하면 반복된 이야기를 쓸 수밖에 없기에 매일, 비가 오나 눈이 오나, 주말에도 평일에도,

심지어 코로나에 걸렸을 때조차 쓰고 그렸습니다. 그렇게 단 하루도 같지 않은 저의 서른셋이 쓰였습니다. 단 한 줄도 같지 않은 365개의 글과 단 한 컷도 같지 않은 365컷의 그림이 담겼습니다. (연습용 원고까지 넣게 된 관계로 실제로는 367일입니다.) 사실 이렇게 1년을 부지런히 쓰고 나면 조그만 해답이라도 건질 수 있을 줄 알았는데 1년을 고스란히 쓰고도 제가 찾던 의미를 찾을 수 없었습니다.

그래서 이 기록을 책으로 내겠다는 마음이 욕심은 아닐까, 이쯤에서 포기하는 게 맞지 않을까 생각한 적도 많습니다. 그렇게 자신하지 못할 때마다 확신에 찬 얼굴로 그저 매일을 기록하는 것 자체만으로도 이미 충분하다고 말해주신 은영 대표님 고맙습니다. 솔직히 이대로 충분하다고 말씀하신 뒤에 약속한 듯 매번 던져주시는 피드백이 야속했던 적도 있지만, 제 안의 더 좋은 것들을 보시고 그게 한 편의 글과 한 컷의 그림으로 오롯이 나올 때까지 기다려주신 덕분에 이제야 비로소 책을 낼 용기가 납니다. 책 속에 창작자를 구워삶는 방법은 믿음을 보여주는 거라고 표현한 부분이 있는데, 저는 이 책에서 제가 아주 적절히 구워졌다고 생각합니다. 은영 님과 일하며 그 믿음을 가장 오랜 시간, 무겁게 느꼈던 것 같습니다. 도망칠 수 없는 너그러운 믿음을 보여주신 김은영 대표님께 감사함을 전하며 책을 마칩니다.

서른넷이 되었다.
34

귀찮지만 매일 씁니다

1판 1쇄 발행 2023년 7월 20일
1판 2쇄 발행 2023년 8월 30일

글 그림. 귀찮
기획편집. 김은영
마케팅. 김석재
디자인. Mallybook

펴낸곳. 아멜리에북스
출판등록. 제2021-000301호
전화. 02-547-7425
팩스. 0505-333-7425
이메일. thmap@naver.com
블로그. blog.naver.com/thmap
인스타그램. @amelie__books

ISBN 979-11-976069-5-3 (03810)

• 아멜리에.북스는 생각지도의 문학 브랜드입니다.